阿吽文庫IV

帷子耀風信控

金石稔編

阿吽塾

帷子耀風信控

帷子耀風信控　目次

帷子耀風信控

あら、た、ふと、

……帷子耀に

吉増剛造

"流星の上に身を横たえることさえできれば" と "内心で獨白《ひとりごちし》" たのは、……
ヴァレリー・アファナシエフだけではなかった、……
"荒海や佐渡に横たふ天《あま》の河《がわ》"（芭蕉／奥の細道）も《毛、母、……》

不図、……
宇宙の、……泊《とま》りを、（諸、……）縫針のやふ止《ト》、……考へたその心ノ、あら、た、ふと、……

キ
アファナシエフ、ピアニストノ、ゆ-び（誘-火）*or* ひ-び（亀-裂）、キ（樹）、……に（丹、刃 *or* 葉……）、ハ、庭、さ（狭……）……

フ
死ノスイジュンノ、リュウセイノ、……
水掻《みずかき＝web》、キハ、實《じつ》に、宇津久《ウツク》しい、……

フ、
死ノスイジュンノ、リュウセイハ、……
項垂《うなだ》、……零手《レテ》、……居留《いる》、……
太古から、曽《そ》、零《レ》、羽《ハ》、……
死ハ、コンナ、横姿《ヨコ》、為手《して》、居留《いル》、……

フ、
「跼天蹐地《きょくてんせきち》」（「「詩経」小雅曰ク正月、……）
〝頭《こうべ》が天《そら》に触《ふ》れるのを恐《おそ》れて背《せ》をかがめて歩き、地《ち》が落《お》ちしぼむのを恐《おそ》れて抜《ぬ》き足で歩く、
……〟

フ、
死ノスイジュンノ、リュウセイハ……
水掻《みずかき＝web》、キハ、實《じつ》に、宇津久《ウツク》しい、……
環《ハ》、……はっ、はっ、はっ、はっ、……

エピローグ──補講

髙橋源一郎

この間、わたしは、わたしが十七歳の時に書いた文章と対面しました。それはまったく奇妙な体験で、もちろん、その文章はひどいものなのですが、それ故、わたしには、きわめて貴重なもののように思えたのです。

ある雑誌が、わたしの特集をしようといってくれました。そして、そのために、いくつかの目新しい企画を思いついてくれたのです。その一つが、わたしの十七歳の頃、書いた文章だったわけです。

その文章については、確か、ずっと以前に触れた覚えがあります。その時、わたしは、おぼろげな記憶で、それについて書いたのですが、まさか、実物と対面することになるとは、想像さえしていませんでした。

その文章は、いくつかの点で、致命的な欠陥を持っています。というか、よほどの天才でない限り（もちろん、わたしは、どんな意味でも天才とはほど遠いのですが）、十七歳でなにかを書こうとする時、つきまといがちなあらゆる欠陥をすべて持っているのです。なにより、わたしが気にいったのは、その点でした。

わたしは、三十八年ぶりにその文章を読み返し、懐かしく思いました。そして、そのような、あからさまな欠陥に満ちた文章を、もう書けないことを残念に思いました。もちろん、わたしは、いまも欠陥だらけの文章を書いているのですが、それがはっきりとはわからないのは、ただ、欠陥を隠すことに上達しただけだからなのです。

◆

僕達のなす事が情念に基づいている時、それは危険なものだという体制信仰が今日ほど広くゆきわたったことはない。僕たちが観測し得るすべての範囲に於て、僕たちが想像し得るすべての情況に於て〈展望〉にはいささかもバラ色の未来など存在しないことを語らねばならない。だが僕たちは絶望を拒絶し、沈黙を拒否する態度を持ち続けないかぎり、いかなる行為も歴史的行為へと解消される危険を知っている。誰が死に、誰が生き残ったか。一体、誰の血が流れ、道路上にボロクズのように横たわった死体は誰だったのか。奪われたのは何で、何が僕たちに残されているのか。この地点から進まない限り私たちは一歩も前進出来ないだろう。

僕の考えるところによれば幻想を現実と等価のものとしてみることが想像力の実体なの

であるが、僕たちのおかれて来た情況（一般的には昨年の十月八日以来顕著になってきたと思われている情況）を想像力を働かして見る時、実体をもたない幻覚にすぎないところの〈民主主義の神話〉が相もかわらずおおくの人々の脳ずいを支配して彼等のいわゆる〈敵〉に対して優位を主張している有様はさながらメザシのシッポを信仰している人々が無神論者に文句をつけているかの如き夢のような話ではあるけれども、その幻覚によって実体をもった青年が傷つき血に染って倒れていくという事実によって、そのサイケデリック映画の如き情況は恐るべき悲劇的な局面をあらわして来るのである。一〇月八日の第一次羽田闘争一一月一二日の第二次羽田闘争に至る道は、いいだ・ももや鈴木道彦などによって指摘されているように二つの死によって象徴される反権力闘争の突出とその絶望的な戦闘の経路であった。その発端が意味する所の一つは、第一次羽田闘争に於て炎上する装甲車のけむりが世界に知らせたように、国民の意志の名をかたってベトナム侵略へ加担をくわだてた政治屋や権力に対して激烈な反対行動をしたことであるし、更に一つは内臓をぬき取られ一方的に「轢死」と断定され権力者のあやつるままに〈死〉の意味を奪われてしまった京大生山崎君の死であり、更にもう一つあげるならば必敗の情況のなかで絶望的な行動を続ける学生達の内面の荒廃であろう。

〈民主主義〉に〈敵対する〉〈暴力〉を行使したために死んだ男の責任をとらなければなら

ないのは誰か？　〈暴力〉を行使した死者なのか？何もせずに傍観していた僕たちなのか？　いやそもそも〈対話〉をもととする〈民主主義〉の原理を忘れて〈暴力〉に走ったものすべてが悪いのか？それともこんなことを考えるのが面倒ならば、忘れてしまえばいいのか？　死んだ者は不運だったのだ、彼にだって責任はある。彼のやったことは暴力だったのだから。よろしい。それなら山崎君の死も焼身自殺された由比忠之進氏も忘れてしまおう。嫌なことはすべて忘れてしまおう、彼等のやったことは僕たちと無関係だったのだから。だがその時でも最後まで異議を唱える声を聞くことができる――それは、〈死者〉自身の声だ――忘れることの出来ぬ者は聞かなければならない。それは一つの義務なのだから。

◆

どうしようもない誤植や、言葉の不一致や、不正確な言い回しを除いたとして、「民主主義中の暴力」という題名の（すでに題名からして、間違っています、ぼくの記憶では、いわゆる校正をしてくれる人材がいなかったのです）この文章には、いくつかの、注目すべき特徴があります。

まず、この文章の書き手は、まだ文体というものを持っていません。というか、文体を持とうとして、必死になっている、という感じがします。それから、これは、なにか、一昔前の出来の悪いドキュメンタリー映画のようにも見えます。

画面を見ると、粗い粒子のモノクロのフィルムに撮られた、現実の映像の断片が、そこにあり、カメラマンが興奮しているのか、そのカメラはひどく揺れて、なにが映っているのかよくわかりません。しかし、その頃は、そんな映像でも、意味がわかったのです。

それから、この長たらしい、政治的な文章の最後に、唐突に、こんな「詩的」な文章が続きます。

◆

……どこかで暗黒の中の突然の衝撃力によって荒涼とした映像が出現する。欲望と凝結し、イメージが、裏切られたアジテーションとうつろな緊張の平面に接する。眠りこんでしまった〈海〉を斜めに引きずっていく……〈世界〉が消滅し、空気のように透明な〈沈黙〉が蒼白な予感にみちてねじれていく……。水平線に没した〈都市〉が〈彼〉を目に見えない恐怖に引きずりこむ——墜落感——《誰だ？》……記憶の中で〈都市〉への距離を絶えず伸ばしつづける——原点が空間へ反映していく苦痛。太陽を内部に閉じこめた無数の象徴と直角をなして永化した〈焔〉まで連なっている〈記憶〉の連続……膨張し、昇華してゆく、自身の〈法則〉によって（〈眠りも安息もない〉禁じられた都市を通りすぎて名前をもたない男が近づいて来る……）

◆

わたしは、この文書を、きみたちに読んでもらいました。なにかを学ぶためには、優れたものと、欠陥だらけのものと、その両方を観察する必要があって、わたしのこの文章は、その条件にぴたりと合っていた、というわけです。

これを読んだあなたたちの感想は、

「わからない」
「難しくて、何をいっているのか理解できない」
「文章が硬い」
「ひとり言っぽい気がする」
「著者がなにかを怒っていることはわかる」
「言葉づかいが変っている」

といったものでした。

わたしは正確な反応だと思いました。あなたたちは、わたしの書いたものを、よく理解していたのです。

この文章が「わからない」のは、そもそも、この著者が、自分の読者を最初から限定しているからです。

まず、最初に、決まった読者が存在していて、その限られた読者に届けるために、この文章は書かれたのです。もちろん、その読者にとっても、この文章は、よく「わからない」はずでした。というか、そもそも、この文章は、「わかる」必要などなかったのです。

つまり、この著者には、この文章の届先がわかっていて、それは、ここに書かれていることの内容を、読まなくてもわかってくれるような人間だったのです。

それは、なかなか重要なことです。

ふつう、我々は、文章（あるいは、言葉）というものは、異なる人間を結びつけるものだ、と考えています。

つまり、なにか伝えるメッセージがあり、それを、言葉というものに置換し、しかる後、遠くにいる誰かに、それを送り届ける。それを受け取った誰かは、その文章(あるいは、言葉)に含まれているメッセージや意味を解読し、相手の意図を理解する。それが、文章（言葉）の役割だと思い込んでいます。

ところが、実際には、十七歳のわたしの文章のように、書いている当人にもよくわからない言葉を、勝手にまき散らし、運良く、相手に届いたとして、相手にもさっぱりわからず、それにもかかわらず、作者と読者の間にコミュニケーションが成立している、といったことが起こるのです。

つまり、文章（言葉）というものは、時には実際に読んだり理解したりする必要などなく、ただ形式的に送り届けるだけで十分なことがあるというわけです。

そのことを理解するためには、逆説的ですが、優れた文章ではなく、欠陥だらけの、個性のない文章をこそ読むべきだ、とわたしは思うのです。


それにしても、この文章は、なにについて書かれているのでしょうか。政治についてでしょうか。確かに、外見はそのように見えます。その当時の政治状況について、筆者はなにかを語ろうとしているようです。しかし、また同時に、この文章では、文学についても、なにか語ろうとしています。

いや、政治も文学も一緒くたにしている、といった方がいいのかもしれません。当時のわたしには、政治も文学も同じようなものに思えたのです。

だとするなら、十七歳のわたしは、なかなかいい線をいっていたというわけです。

わたしが、欠陥のある文章を好むのは、欠陥というものは、だいたい、それを書いた本人に原因があるわけではないからです。

その欠陥には、さきほど述べたように、もともと、文章（言葉）というものに内在しているものがあります。それから、もう一つ、その時代特有の欠陥というものも存在しています。

わたしは、その頃のことをよく覚えています。

わたしたちは、ジャズ喫茶や名画や最新の芸術映画が上映されている映画館に入り浸って、おしゃべりに夢中になっていました。けれど、わたしたちは、そこで流されている音楽や、上映された映画について、よく理解できませんでした。

たとえば、あるジャズミュージシャンのレコードでは、それがかかって暫くの間、猛烈な速度で、しかも音程を外して演奏されていたので、最初のうち、正しく再生されているのか、それとも回転数を間違えて再生されているのか、判断できないほどでした。

また、ある映画では、カメラマンが出て来て、いろいろな光景を写真に撮っているうちに、ほんとうに自分の撮った光景が実在しているのかわからなくなって、ついには、なにもないテニスコートにカメラを向けると、テニスボールをうつ音が耳に聞こえてきたりするのです。

いや、最初から最後まで、不協和音ばかりが聞こえてくるオペラを、瞼を無理矢理こじ開けて、最後まで聴こうと努めたり、何十分たっても、極彩色の原っぱを延々とカメラが横切っていくだけの映画を、頷きながら、見たりしていたのです。

どの場合も、わたしたちは、音楽を映像を楽しむ余裕などなく「この音はいったいなんだろう。ただうるさいだけなんだが。でも、彼がこんなにも頑張っているのだから、ぼくは、黙って、彼が発する音に耳をかたむけなければならない」とか「なんて馬鹿なことをやっているのだろう。誰もいない地面にカメラを向けて、いつまでも同じ風景を撮り続けているなんて。でも、あの苦しい様子を見ていると、同情したくなるし、あの苦悩を理解してあげなければ気の毒というものだ」と思って、我慢して、鑑賞し続けたのです。そして、少しでも、「意味」が理解できるものにぶつかると、飛び上がるほど嬉しくなったのです。

しかし、音楽や映像の「意味」が理解できないことは、なんとなく納得できても、詩や小説や評論の言葉が理解できないのは、なかなか納得することができませんでした。

しかし実際、その頃、わたしたちが読んでいた詩の多くは、意味がまったく理解できないものばかりだったのです。

心中　帷子耀

汝等は我の聖民（きよたみ）となるべし

汝等は野にて獣に裂かれし者の肉を食らふべからず
汝等これを犬に投与（なげあた）ふべし
（出埃及記二二）

心中

月
流れ
街流し
血を流し
翳り読んだ
生命線経緯を
ナイフで刻んだ
名もなき水呑みに
緑青を濃くしている
不発を揺籠のようには

揺すれぬ伏せ目を向けた
往時を逆睫毛に塗りひろげ
マスカラを　必死で暗くする
老いた母胎に月が足りぬのか！
もっともっと神なき月をこの地に
招集せよ！遅かった軍靴を耳鳴りに
雪ばんばあなたのあぶらづいた片鱗は
桜花のごとく満開となった脳天に黒髪を
のませ吐血に迷い黒髪にからみひとひらの
鱗を名のり充血し黒髪を血の道へと迷彩した
浅い夢の精として半人半漁に認知されうる！
夢の夢　まっかな生命線を視せてはならず
夢の夢　てのひらをかえさねばならぬか
なにくわぬ　真実なにもくわぬ老母の
鎌首を〈我〉にかえらせねばならぬ
それだけだそれだけだそれだけだ

緑青をふく独裁に燦然と生きた
花道修験道が出土する水無月
水に流したのか！藁を摑み
優美に溺れた他人たちの
本気でとがった両耳が
巨きくがに股を裂き
たゆたった血潮が
描きついだ日の
丸！みろみろ
たえだえに
わたしが
呻いた
蜜の
月

これは、一九七〇年前後、わたしが、文章というものを書きはじめた頃、「現代詩のスター」として持ち上げられた、ある詩人の作品です。この詩を読んで、あなたたちはどう感じるでしょう。わたしの文章のときと同じように、

「わからない」
「難しくて、なにをいっているのか理解できない」
「文章が硬い」
「ひとり言っぽい気がする」
「著者がなにかに怒っていることはわかる」
「言葉づかいが変っている」

といった反応が返ってくるに違いありません。要するに、わたしの文章も、この詩も、よく似ているのです。

当時、わたしは、この詩人の書く詩を読んで、まったくわからない、でも素晴らしい、と思ったのです。

もちろん、いまでも、この詩の「意味」を正確に辿ることは困難です。というか、そんなことに「意味」はありません。あるいは、詩の表面上の難解さとは異なり、この詩に含まれているメッセージは案外、簡単なように思えるのです。

まず、作者は、「意味」というものはよくないものだ、と考えています。なぜなら、「意味」というものは、「あちら側」に属していて、そして「あちら側」の連中は、大きな権力を有しているからです。

そこで、作者は、できるだけ「意味」を遠ざけるような行動に出ます。それが、詩の一行の長さを、徐々に変えていく、という愚行です。

作者は、この詩の形に注目してもらいたかったのでしょうか? あるいは「意味」より「形式」の方が大切だ、と主張したかったのでしょうか?

どちらも違います。

作者は、ただ、詩には(というか、言語には)形式がある、といいたかったのです。あるいは「構造」があると。

この詩の中で、作者の本音が露出しているのは、後半の、

「なにくわぬ　真実なにもくわぬ老母の

鎌首を〈我〉にかえらせねばならぬ

それだけだそれだけだそれだけだ」

というあたりでしょう。

あらゆる言葉に等分に付き合うことに決めた作者も、「我」という言葉だけには強く反応します。そこに、重大ななにか（真実）があって、そして、それだけが重要だ、と作者は主張するのです。

実のところ、この詩の作者の、もっとも優れたところは、とてつもなく長い詩を、矢継ぎ早に、いくつも発表したことでした。それらの詩は、あまりに長く、また、あまりに言葉の数が多すぎて、まともに読むことは不可能でした。読んでいるうちに、いったいどのあたりを読んでいるのか、わからなくなることだって、しょっちゅうあったのです。

もしかしたら、なにかの都合で、作品の一部が何ページ分も抜け落ちても、おそらく、読者はほとんど気づかなかったでしょう。

そんな詩を読まされて、

「あまりに長すぎる。どこが始まりで、どこが終わりかわからない。この作者はなにがいいたいのかさっぱりわからない」

と文句をいう読者もいました。

実のところ、わたしも、内心ではそう思っていたのです。だから、わたしは、その詩を、あちこち拾い読みすることにしてみました。そして、全部読んだという友人と、その詩について話し合ったのですが、その結果はというと、きわめて順調で、熱烈な会話が成立したのでした。つまり、その詩を「理解」するためには、全部読んでも、部分的に読んでも同じだったのです。

わたしたちは、この異能の詩人の詩について、あれこれしゃべりながら、「いったい、ぼくたちは、この詩の『なに』を読んでいるのだろう」と思ったのです。

こんな詩を、この作者は、いや、この作者だけではなく、多くの若者が、このような「無意味」な詩を、何百万となく書きました。もちろん、そんな詩はどれも残っていません。それらの、無数の詩は屍となって大地に横たわり、やがて、消滅していったのです。

実際、それは無理もないことでした。それらの詩は、あるいは、それらの詩に似たなにかは、それの作り手である、わたしたちにとっても、どう読めばいいのかわからない代物だったのです。

確かに、そこには「なにか」がありました。なにしろ、わたしたちはそれらを熱狂的に読んだのです。しかし、同時に、そこにはなにもありませんでした。どこを読んでも（どこかを読まなくても）同じ光景が続いているのです。そんなにも未熟で、難解で、デタラメなのは、それが、なにかの間違いで生まれたものだからなのかもしれない。わたしたちは、そう思いました。

わたしたちには、自分の文章を説明する言葉がなかったのです。

(1)「御話、御話——」

と請求する声は教室の隅から隅までも拡った。

丑松の眼は輝いて来た。今は我知らず落ちる涙を止めかねたのである。その時、習字やら、図画やら、作文の帳面やらを生徒の手に渡した。中には、朱で点を付けたのもあり、優とか佳とかしたのもあった。または、全く目を通さないのもあった。丑松は先ず《ま》その詫《わび》から始めて、刪正《なお》して遣《や》りたいは遣りたいが、最早《もう》それを為《す》る暇が無いということを話し、こうして一緒に稽古をするのも実は今日限りであるということを話し、自分は別離《わかれ》を告げる為に是処《ここ》に立っているということを話した。

◆

(2) 疲れ切つてはゐるが、それが不思議な陶酔感となつて彼に感ぜられた。彼は自分の精神も肉体も、今、此大きな自然の中に溶込んで行くのを感じた。その自然といふのは芥子粒《けし》程に小さい彼を無限の大きさで包んでゐる気体のやうな眼に感ぜられないものであるが、その中に溶けて行く、——それに還元される感じが言葉に表現出来ない程の快さであった。

(3) 私に或る種の眩暈《めまい》がなかつたと云つては嘘にならう。私は見てゐた。詳さに見た。しかし私は証人となるに止まつた。あの山門の楼上から、遠い神秘な白い一点に見えたものは、このやうな一定の質量を持った肉ではなかった。あの印象があまりに永く醱酵したために、目前の乳房は、肉そのものであり、一個の物質にしかすぎなくなった。しかもそれは何事かを愬へかけ、誘ひかける肉ではなかつた。存在の味気ない証拠であり、生の全体から切り離されて、ただそこに露呈されてあるものであつた。

(4) 私が初めてセックスというものが世の中にあると知ったのは、なんと幼稚園児の時である。字を読めるようになってから初めに開いた絵本が友だちの家の本棚にあった。『あかちゃんどこからくるの?』だったから、その絵本に記されている性の営みとそれに伴う赤ん坊の出産までのいきさつを一気に知った。『ぐりとぐら』の絵本のとなりにあったその本を、同い年の子と額をくっつけあいながら何度も覗いたものだった。しかし当然その内容に恥ずかしさや神秘性を感じられるほど私の精神は発達していた訳がなかったから、その性に初めて触れた時、私はただ笑った。むっちりとした女と男の裸の絵、大きなペニスの絵、夜のお月さまの下ですっぽんぽんのまま抱きあっているカップルの絵、そしてその絵の横の言葉〝こうしていると、とてもきもちがよいのです。〟その絵本に載っているもの全てが幼い私たちには滑稽に見えて、私と友だちは絵本を放り投げながら転げて笑った。おとなのくせに、はだかで、だきあって「とてもきもちがよい」だって。私は絵本の中の愛し合うカップルを自分よりバカに感じ、そしてそのカップルをなぜか愛《いと》しくも感じた。

◆

これらはどれも、「ニッポンの小説」の文章です。そして、最初の文章と最後の文章の間には、およそ百年の隔たりがあります。ある観点からいえば、この四つの文章は、大いに異なったものです。あるいは、それぞれに「異なった文体」を所有している、という言い方もできます。

しかし、別の観点から見れば、これらは、どれも非常に似通ったものなのです。

これらの文章では、どの場合も、作者は、まずなにかいいたいことがあって、それからおもむろに、その内容を説明しています。そして、そのためには、言葉が必要だということになっています。もっと重要なのは、言葉というものが、細かく、ていねいに使われれば使われるほど、うまく説明ができる、ものだと思われていることです。

これらの作者は、わたしが十七歳の時書いたような文章や、帷子耀の書いた詩のようなものを書いたでしょうか。もしかしたら、書いたことだってあるかもしれません。しかし、書いたとしても、それは、彼等が通過せざるを得なかった未熟な時代のもの、出来れば忘れたい種類の作品にちがいありません。

実際、わたしが最後に引用した文章は、十七歳の作者によって書かれたのです。わたしは、この文章を最初に読んだ時「これはいけない！」と叫んだぐらいです。「こんなに若い時から、こんなに日本語を上手に使うなんて、なにかひどい病気にかかっているのではないだろうか」


わたしは、長い間、この四つに代表される（もちろん、この四つ以外に、いくらでもリストは作ることができるのですが）「ニッポンの小説」の文章に、異和を感じてきました。そして、そのことを、何度も、ここで書いてきました。そして、この四つと対立するかに見えるいくつかの文章を紹介し、その特徴をあげてみることにしたのです。

残念ながら、その作業は、なかなかうまくいきませんでした。というのも、これら四つの文章について語るように、それと対立する文章を語ることは、ひどく難しいのです。

いったい、それはどういう理由だろう、とわたしは考えました。

どうして、わたしの考えは、堂々巡りをしたり、同じことを繰り返したりするのだろう、要するに、どうして論理的な筋道をたどることができないのだろう、と考えたのです。

いま、わたしがあげた、「ニッポンの小説」の文章の秘密について徹底的に考察した、ある批評家は、これら、「ニッポンの小説」の文章の最良の例として、明治のある大作家の文章をあげてみせました。

◆

ある晩甲板の上に出て、一人で星を眺めてゐたら、一人の異人が来て、天文学を知っているかと尋ねた。自分は詰らないから死なうとさへ思つてゐる。天文学抔《など》を知る必要がない。黙つてゐた。すると其の異人が金牛宮の頂にある七星の話をして聞かせた。さうして星も海もみんな神の作ったものだと云った。最後に自分に神を信仰するかと尋ねた。自分は空を見て黙って居た。

或時サローンに這入つたら派手な衣裳を着た若い女が向ふむきになつて、洋琴《ピアノ》を弾いてゐた。其の傍に脊《せい》の高い立派な男が立つて、唱歌を唄つてゐる。其口が大変大きく見えた。けれども二人は二人以外の事には丸で頓着してゐない様子であつた。船に乗つてゐることさへ忘れてゐる様であつた。

自分は益《ます／＼》詰らなくなった。とうとう死ぬ事に決心した。それである晩、あたりに人の居ない時分、思ひ切つて海のなかへ飛び込んだ。所が——自分の足が甲板を離れて、船と縁が切れた其の刹那に、急に命が惜くなつた。心の底からよせばよかつたと思つた。

けれども、もう遅い。自分は厭でも応でも海の中へ這入らなければならない。只大変高く出来てゐた船と見えて、身体は船を離れたけれども、足は容易に水に着かない。然し捕まへるものがないから、次第々々に水に近附いて来る。いくら足を縮めても近附いて来る。水の色は黒かつた。

そのうち船は例の通り黒い煙を吐いて、通り過ぎて仕舞つた。自分は何処へ行くんだか判らない船でも、矢つ張り乗つて居る方がよかつたと始めて悟りながら、しかも其の悟りを利用する事が出来ずに、無限の後悔と恐怖とを抱いて黒い波の方へ静かに落ちて行つた。

そして、この文章について、このように書いたのです。

◆　◆

行先のわからない船が、黙示録的な海を走りつづけている。「焼火箸の様な太陽」がいくどとなく昇っては沈んで波をわきたたせる。彼はこの光景に耐えきれない不安を感じる。異人が来て「神を信仰するか」ときくと、彼は黙して答えない。この掌篇は漱石がほとんどメルヴィルを思わせるイマジネーションを駆使することのできる作家だということを立証しているが、それと同時に、「自己本位」の行動家の底にひそんでいるのが、ほとんどexistentialな「存在」の不安であることもものがたっているであろう。漱石は、ここで重い自己の「存在」にふれて、戦慄している。彼はその小説作品のなかでこのようなイマジネーションを完全に展開したことはなかったが、作家としての漱石の旺盛な創作活動が、このような根元的な「存在」への不安、もっとも本質的な意味での挫折から開始されていたということにはきわめて重要な意味がある。つまり、そこには、福沢の「文体」にあったあの相対主義的な行動と、内村の「文体」にあった、あの「存在」の認識と絶対者への希求とが、つねに表裏一体をなしながら、同時に存在するのである。

夏目漱石が、この二つの機軸を融合させたとはいわない。しかし、あらゆる真の作家はかならずこの二つの機軸のあいだを、漱石が終生そうしたように揺れうごかなければならない。散文をもって書く以上、彼の行動は必然的に相対主義的になる。しかし、その行動の目的が、「わな」のかなたにかくされている「現実」――「実在」にふれることであるからには、そこには絶対的な目標があるであろう。そこに「神」をみれば、彼は宗教家になる。しかし、そこにわれわれはかりに「実現を無限に延期されている」にせよ、人間の究極の理想である完全な自由のあかしをみるのである。そのなかに到達しようとする行動だけが、充実した「文体」――もっとも人間的な行動の軌跡をかたちづくる。

◆

わたしが注目するのは、この、ソウセキという作家を論じた批評家の「文体」です。「散文」というものが、如何に見事に、目指す犯人を探り当てるか、それを、この「文体」は見せてくれます。

「散文」は、ごった煮の現実を、いくつかの言葉に分解し、整理整頓して、わたしたちの前に届けてくれます。そうやって、始めて、わたしたちは、世界を「理解」することができるのです。

ここでいわれているのは、ソウセキという作家が「存在」というものと微妙な関係を築いていたということです。あるいは、ソウセキという作家は、言葉にすることが不可能な「存在」というものを抱えもっていて、その「存在」との緊張関係が、ソウセキの「散文」を鍛え上げた、ということです。

わたしは、この批評家の、この文章を始めて読んだ時、では、いったい「存在」とはどんなものだろう、そして、どこにあるのだろう、どんな性質のものだろう、と考えたのです。しかし、この文章の中に、「存在」について直接、書かれたものは見つかりません。「存在」とは「散文」によって表現される「以前」のもので、それを直接、言語化することなど不可能だ、とこの批評家は考えているように、わたしには思えたのです。

ソウセキという作家が奇妙なのは、なんでも説明してしまう「散文」というものを、時々嫌っているように見えることです。

ここで引用している『夢十夜』という小説（と呼ぶべきなのか、わたしにはわかりません）のような作品を、同時代の他の作家は、ほとんど書きませんでした。というのも、他の作家たちは、なによりも理解されることを求めていて、こんなわけのわからないものを書きたいなどとは思いもしなかったのです。

ソウセキという作家が、いちばん書きたかったのは、おそらく、ここに書かれた「海」のようなものでした。そして、それを、別の言葉で、すなわち、「散文」でしか説明できないわたしたちは、「夢」とか「無意識」とか「存在」と呼んで、理解したような気がしているのです。

ソウセキは、「ニッポンの小説」の離陸に立ち会いながら、同時に、異和をも表明していました。それは、『夢十夜』とは異なる、明快な「散文」作品中に、不思議な形で存在しています。つまり、解読しえない、ある独特な質感として残されているのです。

わたしたちは、やはり、それを一括して、「存在」と呼びたいと思います。そして、そこで立ち止まるのです。なぜなら、その「存在」について語る方法を、わたしたちは、知らないのです。ちょうど、あの、未熟な十七歳の文章や、うんざりするほど長い、あの若者の詩についてうまく語る方法がなかったように。

いや、それればかりではありません。

これまでに、わたしが紹介した文章たちもまた、そのような運命を甘んじて受け入れていたのではなかったでしょうか。

◆

(1) 私がこの家に生まれた時から、私の身辺には楽しい音楽がありました。これは、きついレッスンにたえていく音楽ではなくて、私の生活の一部になっていました。
藤原家は父一人母一人兄一人と、私。兄は私が生まれた時からフルートを吹いていたのですが、私が三歳になって、兄は交通事故にあい、フルートが吹けない体になってしまいました。その日、兄のフルートを手で持って遊んでいました。

兄は、その交通事故にあった日より三日もたたない内に死んでしまいました。

私が母親に、この質問をしたのは、兄貴が死んで、ちゃんとあの世にへ送り届け終った後。それまで私は、兄貴の姿が見えない事に気づいていても、口にせず、いつかひょっこり現われてくるだろうと信じていました。

(2) その時だった。急に風が匂い、いきいきとどこかの地方都市の上空から見た風景が

七〇年代前半の帷子耀と藤井貞和（S）

帷子耀《かたびらあき》――彼はもう詩を書いていないようだし、どんな類のアンソロジーにも掲載されることはまずないだろうから、きれいさっぱり忘れ去られた詩人といっていい。

しかし、一九七〇年代前半には、「現代詩手帖」に頻繁に登場、ほとんど意味のない言葉を、句読点を打つ暇もなく畳みかけ、大方の詩人たちの顰蹙をかっていたのである。そして、同誌一九七一年一月号の、それも巻頭に、彼の連作詩「心中」が、見開きにひとつずつ、計九つの逆三角形を描き出す形で掲載されたときには「現代詩手帖」の危機を本気で囁くムキもあったという。

この帷子耀、じつは一九六九年の第十回現代詩手帖賞を山口哲夫とともに受賞している。その選考座談会の様子は翌年一月号の同誌に掲載されているが、それによると、選考委員のひとり鈴木志郎康は最後まで帷子耀の受賞に反対していたが、寺山修司のシニカルな推奨がそれを押し切った形になっている。ここで寺山修司はつぎのように語っている。「帷子君はつまり何も言ってない。何も言わないことが今年のモードだったんだ。今年会った若い大学生や運動家、そして過激な革命家たち――彼らはまったく何も言わないで、非常に沢山の言語を持っている。十五歳のナイーブな少年が何も言わないという時代感情を物すごく卒直に反映したと考えると、一般的な社会の、要するに下部構造を反映した詩だ、と言えるような気がする」と。

寺山流にいうと何も言わない饒舌が帷子耀の詩ということになるが、これは彼の属していた同人誌「騒騒」のコンセプトを言い当てた表現でもある。「騒騒」同人の熊倉正雄、芝山幹郎、金石稔らは、みなきわめて饒舌だった。それも、しかつめらしい意味などはなから携えることのない饒舌ぶりであって、その一端に帷子耀がいた。ただ彼が非常に若いということもあって、よけいにラジカルな印象を与えた、ということなのかもしれない。

さて、「現代詩手帖」には同じ頃、時代に真っ向から切り込みを図る面々も登場していて、そのうちのひとりに藤井貞和がいる。

藤井貞和は、国文学徒として、折口学や、古代歌謡、源氏物語の研究などに力を発揮する一方、時代状況に関する発言にも独特の切れ味を見せていた。詩も書き続け、それは詩集「地名は地面へ帰れ」(永井出版企画・一九七二)としてまず結実、注目された。

そしてこの第一詩集とほぼ時を同じくして同人誌「白鯨」が発刊された。同人には藤井のほかに佐々木幹郎や清水昶がいて、先程の「騒騒」とはまた違った角度から時代を反映していたということができる。

「白鯨」発刊の、檄とでもいうべき広告に、藤井自ら「無謀な悪戦にふさわしい惨たる終末を始まりとすることは、共闘しえないものの黒い共闘として始発する」と記しているが、「白鯨」終刊後もこの「黒い共闘」は幾度も試みられることになる。藤井貞和がいつもその中心部にいることはいうまでもない。

『現代詩手帖』「今月の新人作品評」抜粋

本稿は、編者が『現代詩手帖』の一九六八年から数年間の投稿欄の作品評から、帷子耀の投稿詩篇への各詩人の皆さんの「評言」をランダムに取り上げたものである。

帷子耀氏の「あんぶれら」はおよそ松井氏とは対蹠的な作品である。松井氏がおのれの心理風景のなかに執拗に閉じこもろうとしているのに対して、ここには、言語を発することに対するなまなましい欲情に身を任せた不思議に肉感的なリズムがある。未だ閉じることを知らぬための開かれようだという感じもしなくはないが、そこに見られる速度と抑揚の自然な変化にはほとんど生理的とも言うべき確信があって、それが、詩句の冗漫と未完成にもかかわらず強引に読者を引きずるのである。作者は十三歳の中学生とのことだが、近頃の中学生は、「いいわいいのよあたしももう聞かないわ」とか「いみが無いんだものそんな事にはって言ったらよ」とかいう詩句のリズムに見られる一種老成した倦怠をわがものとしているのであろうか？　今後この作者がどのようになってゆくかにということに関して、ぼくは多くの興味といささかの危惧を覚えている。この作品は、第四連以後急激に息が切れ、リズムが失われ、奇妙にかさついた詩句の羅列に終わるのだが、そういう詩句がすでに予測させる観念性の浸透に対して、作者はどのように対処するのだろうか。

（粟津則雄）

（『現代詩手帖』1968,4「あんぶれら」）

本誌六月号で、北村太郎は、帷子耀作品についてつぎのように書いた。――「……ことばに凝る執念は、当今、珍重するに足る。でも、これから先が大変だろうと思う。ことばの面白さの先に、なにがあるか、ないか……である」

まことに同感である。今回の帷子さんの詩についても、そのまま、太郎さんの言葉が適用できよう。とにかく、ことばに凝っているあいだは、せいぜいお書きになるといい。そのうちに、ことばが、あなたにとりつくようになるかもしれない。そうなったら、話は別だ。そのときは、読みます。（いまはただ、アゼンとして字面を眺めるのみ）（田村隆一）

（『現代詩手帖』1969,7「宙吊り卵を鞭打つ日のひび割れ割れの夢観察締め・断片」）

奇をてらって、あっちこっち、むずかしい字を並べた手品みたいだが、インチキ手品、そんな感じなのに、つくってる人はすごく有頂天なんだわ、と帷子耀という人の〈宙吊り卵を鞭打つ日のひび割れ割れの夢観察締め・断片〉の詩を読んだ人はいった。

安香水みたいよ、プンプンとそばでもう一人がいった。3番目の人はとてもむずかしい字をよく知って、エライ人だ。だけど、詩は印刷所ではない。印刷所でもいい、キレイにオカシク、字が並んでいるなら画と思ってデザインと思って眺めるのに残念だナといった。

わたしも、全くそう思うのであった。

沢山むずかしい字を、豊富にもつ才能はスバラシク、スバラシイが、そういうのはコトバ屋とかいったらよいので、詩人とか詩をかく人というと、ちょっとおかしくなる。

これは、コトバのコレクターが、自分のコレクションを、ハイ、ハイ、みてよ、と沢山並べてくれて店いっぱいにハイやらビー玉みたいに飾ったので、皆が、ワアーッ、ずいぶん沢山ネ！と感嘆の声をあげるので、すっかりのぼせて酔っぱらってるみたいだ。わたしは、酔っぱらいのそばはよけて通ることにしている。


（白石かずこ）

面白さから言えば帷子耀の「犬吠える夢の荒い砂煙から見えやしない何も何も」の方が＊面白いのだが、帷子耀は、言語を事物としてとらえるときに、意味にとらわれて、その体系を見落としている。もしかして「凶区」あたりの詩人たちのように、言葉とペッティングするだけの詩人にとどまってしまうのではないかと、いささか案じるところである。私はミッシェル・フーコーもレヴィ・ストロースもきらいであって、何も体系といったからといって構造的に言語をとらえ直せというのではないが、ここにはあまりにも文字の負うシンボリックな側面が出すぎていて、マンガのト書きほどにも空間思いえがかせないのである。言葉を用いて、大工事をせよ。十五才だということを大げさに考えすぎず、「一字一句を手に触れてみる」だけではなく、その一字一句をもっておふくろのおまんこにぐさりと突き刺さってゆく言語予科練的必殺心中の意志をもってほしい。それが、すりこぎ高校生からの脱却の近道である。私は近頃（たぶん、きみも興味をもっている）ル・クレジオの書物を読んでいるが、ル・クレジオの言語は一行ずつ「名前と日附けがついている」のである。

（寺山修司）

＊前段で、寺山は芝山幹郎の詩篇「連禱遺書」を「やくざな二十一才のヒロイズムが、虚空をつかんで浮かびあがろうとする力学は一寸好きだったと自身の「人間が飛ぶことについて書いたものを読むとコルトレーンのジャズにはじめて出会った時のように戦慄してしまう」《飛行機病》から敷衍して高く評価している。

（『現代詩手帖』1969.10「今月の新人作品」中「犬吠える夢の荒い砂煙から見えやしない何も何も」）

「夢の飼育じゃない」の帷子氏については、もはや才能の小出しはやめて、大きさと深さとを兼ねそなえた決定的な作品の構築（と破壊）にとりかかるべきではないかと思う。片々たる詩壇的現象に気をとられたり、つき合ったりして、あたら才能を濫費しないことを心からすすめたい。としよりじみた言い方ととるならとりたまえ。（入沢康夫）

（『現代詩手帖』1969.11「今月の新人作品」中「夢の飼育じゃない」）

夢の飼育じゃない（帷子耀）は、いままでのこの人の作品とくらべると、ひどく散漫なおしゃべりで、結局、まとめそこなっている。最後のところで〈問題を／問題をすりかえないで！〉云々と語りおさめたのは、苦しまぎれというものだろう。（岡井隆）

以上、手に入ったもの、目に入った限りのものである。

現代詩手帖賞選考座談会「何も言わない詩の時代」

渋沢孝輔
寺山修司
鈴木志郎康

「新人作品」欄にあらわれた問題

編集部　昨年までと違って今年の「新人作品」欄は、毎月編集部で掲載するかどうか検討し、掲載される作品数篇について毎月二人の方に評を書いていただいたわけですが、今年の新人作品を通してみて全体としてどんな感じを受けたか、といったところから話をすすめたいのですが。

鈴木　ぼくは「新人作品」欄をそう毎月きちんと読んでいたわけではないので、今度この選考を頼まれてから改めて全部通して読んでみたわけです。この場合新人賞を選ばなければならないという前提があって読んだのですけれども、新人賞ということをどういうふうに考えたらいいのかちょっとわからなかったんです。うまいか下手か、あるいは新しい作品ということでも考えられるけれど、ぼく自身が、これはすごいと驚くような人が、まあ帷子さんの言葉遣いにはちょっと驚いたんですが、それ以外にはそれ程驚くということがなかった。ただぼく自身が日頃考えている点から言って、扱っているのが、いわゆる日常生活の点から詩というものに向かっている線というのがみんな共通してあって、しかも詩のことばをつくってゆく過程でそれぞれが自分なりに言葉を探ってるという、そういうことが全体にあったんじゃないかと思うんです。その点で、それなりに日常と対立した言葉というところまでいっているというのがあればおもしろいんですけど、それがなにか希薄だった、というのが大体の印象です。

寺山　ぼくは卒直に言って、つまらない詩なんてものは存在しないんじゃないかという意見なんです。詩の半分は読者がつくるんだという考えがぼくにはあって、非常につまらない石ころでも、こっちのイマジネーションによって名づけられたときにひとつの詩的な空間を形成する。その地平線を「書く」という行為で区切ってしまうのは旧弊な文学論にすぎない。マルコ・ポーロがあってはじめて「東洋」が存在するように、詩と読者の間にも何一つアプリオリなものはないのだ、と思われるのです。ただ情勢論に即して言うと、病院の看護婦の見習いがせっせと病院でやっているシリツの手伝いの練習をするみたいにね、「現代詩手帖」の本欄でその年に問題になった主題を、そのままマイナーに反映させた、「新人作品」欄ではつまらないということはできる。帷子君にしても辻桃子さんにしても芝山幹郎さんやその他の人にしても、「現代詩手帖」が一年間、「反言語」とか「肉体」とか「ユーモア」とか「暴力」を扱ってきた経過の反映としてしか存在しなかったという感じがぼくにはある。その点を問題にするならばどの詩もありふれた「現代詩」

であるにすぎない。もちろん、その一人一人の詩人の言語の城砦の中に入りこめないかというと、入りこむのは簡単だし、入らなくとも外からその城を崩すことができるような印象があるわけです。ジェームス・ジョイスなんかだと、城を外を巡っててもなかなか輪郭がつかめなくて、城の中に入って城を崩そうとすると、城の内部は迷路ばかりでいつの間にか自分自身の行方がわからなくなっちゃう感じがあるけれども、そういう意味ではここにある新人たちの詩は輪郭がはっきりしていて、しかも、とても、とてももろい。言語にも想像力にも速度がない。

渋沢　まあ、おもしろいといえばどれもおもしろいというのはごもっともで別に異存はないのだけれど、鈴木さんのおっしゃるようにそれぞれに自分の言葉を探しているとはいうものの、それは一種のファッションに属しながら探しているに過ぎないし、それをはみだしたところでは必ずしも探していない。だから、新人賞を選ぼうということになると、さて誰れを選ぶか、はたと困る。

寺山　詩人が言葉を探すということでぼくは考えるんですが、この数年間詩人たちは一様に言葉を探しているという感じがするわけです。しかし詩人が言葉を探すということは一体何だろうという疑問がぼくにはあるんです。つまり言葉はそれ自体ではまったく無駄なものであるが、書くことよって神を呼び出すこともできるわけで、言葉で何を呼び出すか、という認識なしに言葉を探してもまったくイミがない。詩人が言葉だけ探してる間はそれは詩以前の状態であり、キノコ狩りのようなものであるにとどまる。そのへんどうでしょう？例えばル・クレジオはひとつひとつの動作に番号をふったりするわけですね、マッチを持つ、煙草を持つ、マッチを擦る、火をつける、その動作をひとつひとつを記号化して解体していく。それは言葉を「成す」仕事です。さがすのではなくて作るのです。さがすならば自分の動作を自分のプレザンスを探し出すところまでゆくことによって、はじめて詩というものの輪郭に手がふれる。ところが詩人は言葉ばっかり探しているんじゃないか、だから体のほうはどこかで言葉よりさきに老いてしまうのではないか？そんな印象をとても受けるんです。

渋沢　その言葉を探すことの弊害の面も今年は端的に出ている感じですね。

寺山　ぼくは偶々、高校生の雑誌で詩の欄の選者をやっているんですが、その欄を「現代詩手帖」のこの欄とよく対比して考えると、高校生の詩の欄の方がどちらかというと読むのが楽しみなんです。勿論その大部分は下手糞だけれど、しかし、十八、九の連中が受験雑誌の中で詩を書くことと、詩の雑誌に詩を書くことの違いみたいなものにとても興味があって、その欄に出てくる詩には、言葉に「成ろう」とする何かがある。ところがこの欄に出てくる同じ年代の人の詩は、ものを書いているんじゃなくてものについて書こうとしている。詩壇は次第に思考のパターンのスーパーマーケット化してゆき、自分の言語が自分の行動に抑圧を加えるという喜劇が生まれるわけだ。

鈴木　その点でぼくの印象で言えば、言葉以外のところ、詩人の肉体的なものを基盤にしてたっているのが割りと感じられるんじゃないかと思ったんです。ただ、それをそのままとどめないで、何かしら自分が知っている言葉の意匠なり何なりで、別の空間というか、ことばの空間そのものをつくるといったようなこと、そういうものへ向かおうという考え方に支配されていて、実は肉体で触れたところから言葉が自然に出たような部分のもので満足できないでかえってありきたりの言葉にとまっちゃってる、というようなところが見受けられる詩が割りとあったと思うんですよ。そこに変な分裂みたいなものがあるとぼくは見たんです。ただ、ある人の場合には完全に自分の肉体の部分を無視しちゃってるか、あるいはそれは無きが如く扱っているという場合もあった。そのへんのところ、実はぼくなんか書いている時には自分の肉体の中から出てくる言葉—言葉も一種の肉体のように使うわけですが—使おうと思って出た言葉だけで止まらないでその先に行くように自分でも意識しちゃうんですけれども、その意識する方が実は非常に問題なので、その時に、新人欄の人たちは自分の工夫で行かないで、もう既にあるようなやり方、あるいはまったく造作なくそのへんのところを切り捨てちゃったり整理しちゃったり、そのために言葉自体がおもしろくなくなっているんじゃないかな。

寺山　そうなんだな。つまり、詩を書いている間は駄目だという感じがするわけですよ。それは、詩が既に記憶したものを再生するためのポラロイドカメラにすぎない。ところが、鈴木さんの今年書いた詩で紙に十円玉を敷いて鉛筆でなぞったのがあったが（註・本誌9月号）、経験を記憶のなかで、言語以前の状態のまま放り出して、そのことの言語化を読者との関係の中に求めるというのは、一寸ちがう。大雑把に言うと、ぼくは最近、速度ということにすごく興味をもっているが、要するにあらゆる速度は権力的だと思うわけですよ。人間は記憶するけれども、コップを記憶する速度と時代感情を記憶する速度のズレみたいなものの調整に言語が役立つ。するとあらゆる体験がすべて同速度で駆け抜けた時には言語なんか要らなくなるんじゃないか、と考えるんです。そこで記憶するということを詩を書くということの因果律についてクリティークしてゆくと、既に事物が経験してしまったことを記録したところで詩ではない。そういう意味では新人欄に限らず本欄をおおっている大部分の詩は、既に事物が経験してしまったことを超えられない非常にはかないメモリアリズムと、それの対極で事物化した言語さがしにとどまっているということです。だから、そういう意味でつまらないといえば、新人欄だけでなく、現代詩そのものが「表現」として止揚されていないということにとどまる。

言語論と詩

寺山　J・P・サルトルの言語論は、非常に単純な分類だけれども、言語というのは指示的な機能を持ったものと、言語自体としてつまり物質的な存在としてあるものとに分類され、詩人たちは主に指示的な機能からの解放をめざし、事物として言語を扱って詩を書いてきた。このことは少なくともサンボリズムの詩学についてはあたっていないわけではない。戦後詩人たちは、その二つ言語規定のジンテーゼを出そうとするあがきをしてきたとは、言える。ただそのあがき方で、ぼくの好きなタイプの詩にみられる欠陥というのは、言語の指示的機能を逆手に取ってからかうような形で、つまり日常性を支えている散文的な機能を揶揄しているという形でしかなくてね、もう一つの言語の物質性、これはもうぬきさしならない、どういう意味によっても割ることのできない堅固な卵型の言語というものに詩の方向性みたいなものがないわけですよ。そのへんで、言語論にこだわることによってしか詩が書かれていないんじゃないか、もっと言語論からまったく離れたところで詩が書かれて、いいんじゃないか、という気がするんです。そういう詩が出てこないですかね。

鈴木　今の言葉の二通りの分類は、ぼくの今考えていることとちょっと違うんですね。言葉というものはもっと使うものである、ということがあるんです。つまり、物というのは使われる対象のようにあるけれど、言葉はむしろ手のような感じですね。手というのは道具になると同時に肉体の一部分であって、言葉も実際に道具のようにコミュニケーションの媒体として存在すると同時に、その人の肉体の一部でもある、というところがあると思う。出てきた言葉を考えると指示しているとか物としてあるとかということが考えられるんだけれど、出てくる前、あるいは出る瞬間といったところが言葉にとって大切なんじゃないかと思うんですが、そこから今度の「新人作品」をみた場合、言葉が出る地点というのを全部持っていると思うんです。ところがそこから出た途端に既に奪い去られてしまう、既に書かれて自分が読んだことのある言葉に入れていってしまう、そのへんのところの無自覚というか、非常に残念なんです。と同時に、ぼくは詩を書くうえでそういうことばかり考えているので、それに対するこたえがないという意味でおもしろくなかったということになっちゃうんですね。

寺山　帷子君の詩は、言語の指示的な機能をもって扱っているのだとは思わない。

ただ、「現代詩手帖」に載っている詩のなかにオリジナルな言語というものがあるかと言えば、ある訳はない。ぼくらが使っている言語は、昨日のテレビから貰った言葉だったり、数年前に読んだドストエフスキーの書物の言葉だったり、近所のおばさんの言葉だったりするわけで、それが経験の遠近法によってコラージュされているにすぎないわけです。どんな記憶にもそれぞれの速度があって、それが頭の中で速度のズレによって文体の様相を呈する。それでひとつの言語体系みたいなものが成立っているのだと思う。無論、オリジナルな言語のない時代にオリジナルな言語を創るカリガリ博士みたいな詩人がいたかというと、それはいなかったということになるでしょう。現在は、ただ言語を記憶する速度のレースであって、それはときには想像力の援けなしでもできるものです。

そして問題は帷子君が少しばかり、いい「調教タイム」を出したということにすぎないのではないですか？

「現代詩手帖賞」をめぐって

寺山　毎月予選された作品と選者の「出会い」があった。選者は勿論、予選した人のその時のコンデションまで含めて今年の新人欄は成り立っていた、ということを加えておかないとこの座談会は成立たなくなるな。

鈴木　そうですね。ここで「賞」というかたちで選ぶと、それがまたひとつの基準になってしまうんじゃないかという気がするんです。その基準というものは手軽なものですが、あまりいい感じじゃないんですけどね。

寺山　結論は、誰を好きだったかということでしかないと思う。だからここに座っている三人が違う三人だったら恐らく違う人に行くに違いないしね、というふうな程度のものだということでいいんじゃないか。

帷子耀の作品

編集部　まづひんぱんに取りあげられた帷子耀の作品から入ってゆきたいと思うのですが。

鈴木　賞のことを言ってしまえば、ぼくは帷子君を選ぶのはいやだなと思っていたんです。というのは、これが選ばれた場合、非常に残念なんですよ、ぼく自身としては。帷子君の詩は、言葉の意味を一応否定しているわけですよね、いわゆる日常生活の中の意味を。そういうものはきらいなんですよ、一つの言葉にも、一つの語にも、もっと伝えるものがなくちゃいけないと思うわけです、何でも言葉である以上は。伝えるものは詩人各自の問題であって、詩の方法として考えた場合には……

寺山　それは勿論そうだけれど、しかし例えばいちばん多く載っている佐藤英子さんの伝えようとしている意図というのは解りすぎるほど解ることによって、読む側がイマジネーションの制約をうけてしまう。佐藤さんのように一人で語ってしまうよりは帷子君のように半分を読者に投げ出す方がフェアなんだな。大体帷子君の方が何も言ってないからこっちが 100%補足できると

いう意味ではとても自由になる。何も書いていない詩くらい読者にとって楽しい詩はないわけだ。（笑）

渋沢　ぼくは帷子君を特に推す気もしないんで、ただ言葉の問題からいうと、帷子君の詩が問題性はもっているだろう、という程度にすぎません。で、もし今の詩の衛生ということを考えるなら、入沢康夫が評でもう一度このあたりで、素朴自然主義や私小説的感懐記述というようなものに戻ってみたらどうか、と書いていたけれど、それにむしろ賛成ですね、今は。まあ、解毒剤が必要だろうということで。

鈴木　帷子君の詩が特殊なものであるか、一般的なものであるか、ということは一応考えられることですね。

寺山　ぼくはとても一般的なものだと思う。帷子君はつまり何も言っていない。何も言わないことが今年のモードだったんだ。ことし逢った若い大学生や運動家、そして過激な革命家たち—、彼らはまったく何も言わないで、非常に沢山の言語をもっているわけです。それはアッシリアの皇帝からヒッチコックのだじゃれにいたるまで、実に豊富な言語なんだけど、しかし何も言っていないように見える。そうした時代状況の反映ですね。それがよくわかるのは彼の散文ですよ。帷子君の散文を読むと、鈴木志郎康から唐十郎から、実にこまごまと現象面をすくいあげています。彼は潜在的な深夜のラジオ放送ファンだが、十五才のナイーヴな少年が何も言わないという時代感情に卒直に反映したモードなのであって、と考えると今年のもっとも一般的な社会の、要するに下部構造を反映した詩だ、と言えるような気がします。

渋沢　例えば言語の破壊とか、場合によっては意味があると思うけれど、今の帷子君の場合は、大体先人達がそれぞれ自分なりの必然性があって壊した後で、全部人に取っ払ってもらった後の広場（＝空白）で自由気ままに遊んでいるという感じなんで、その意味でも一般的なものかもしれない。その上で何か特別なものがあればね。

寺山　ただぼくは今年の詩を読み返して普通の文学的な意味で言えば、辻桃子さんの詩なんか割合すぐれているんじゃないかと思ったんですけど、彼女とか芝山幹郎ね。こうした人たちはたかが従来の文学でしかないんじゃないかという気がする、つまり言語をもって感情経験を記録してゆくという作業を出ていないんじゃないか、とてもジョイスにもベケットにも及ばない。その意味で帷子君の詩は、手法的にユニークだし完全に現象に埋没して無思想になっているという意味の堕落ぶりがなかなかいいんじゃないかな、と思う。

鈴木　帷子君の詩は、活字になった言葉ですよね。それ以外に言葉っていうのが現象的に沢山あると思うんです。テレビなんかもそうですし、帷子君なら帷子君の生活の範囲内でね。ぼくは流行語というのは大状況的な流行語ばかりでなくて、個人的な流行語というものもあると思うんですが、そういうものが全然入っていないということ、ぼくはこれには驚いたな。

渋沢　十五才位というのは模倣から始まるのがごく自然なあり方じゃないですか。いわゆる天才詩人がはじめは内は単なる模倣詩人だったということはいくらもあるわけで、帷子君をみていると、啄木の『あこがれ』時代をちょっと思い出すのだけれど、泣菫とか有明の模倣にすぎないじゃないかという非難が大分あったらしいんで、帷子君の場合も確かに詩集にまとめたら早熟少年の模倣にすぎないような感じが非常に濃厚に出ちゃうだろうと思う。ただその場合に二つの可能性が考えられるんだけど、例えば啄木は『あこがれ』を出した後で「はてしなき議論の後」なんかで全然別の方向へ行ってしまったし「食ふべき詩」なんていうのを書いて自分で『あこがれ』を否定するようなことをやっているわけですね。要するに言葉の才能があったのは確かだし、才能が、実生活の苦労を経た後で全然別な方向に行って非常に独創的な道をひらいたということがあって、帷子君の場合もそういうことが起こらないとは限らない。だから先物買いをすれば非常に可能性を持っているかもしれない。そういう点で、才能自体（ただし、声変わり以前の「時分の花」と知るべし）否定することはできないけれど、ただ今の場合単なる流行の上の踊り、というにすぎないし、このままいってもらっちゃ困るという感じがするわけだ。しかしこれだけの言葉の感受性を持っている人ならば、これを繰り返してやってゆくうちに自分でも恐らく飽き飽きしてきて、ある日突然「食ふべき詩」のようなものを主張し出すかもしれない、という気がしますね。

寺山　帷子君の詩は、なかにし礼とか安井かずみの詩と全く同じだと思う。何も言ってないという意味でね。単なる現象の反映でしかない。ただ「賞」そのものに対する批評も含めたら、こういう十五才の何も言ってない人にやることによって「賞」そのものを支えているひとつの詩壇ヒエラルキーみたいなものに対するパロディになるというふうに考えると、この詩を一年間騒いできた詩人たちへのいい贈り物になる。

鈴木　ぼくはこれだけの言葉を使うということだけで天才的だろうとは思ったんですけどこのような天才的というのにはひどく敵意を感じちゃうんですね。こういうふうにことばを使うという点で言葉を自分ひとりのものにしている。言葉のひとり遊びというのがぼくはいやなんですね。こういうものが書ける存在自体が、ぼく自身のある意味では今の敵意の対象になるわけです。

寺山　ただ、帷子君が言葉で遊んでいるのか、あるいは言葉が帷子君を遊ばせているのか、ということが問題だな。

沼田みち子の作品を含めて

鈴木　ぼくは詩を読んだ場合に、言葉からそれを書いた人の肉体をたどって、その肉体のある場所なり具体的な場面なりが伝わってこない詩はいやで、その点では、沼田みち子の「感傷のフーガ」とか瀬崎祐の場合に伝わってくるんで、こちらが努力すればそこへ行けるという程度にはおもしろいんです。沼田さんの場合、言葉の出し方がいわば尻取りみたいに出てきて、しかも、この人は幼稚園で働いているらしくてその働いている場所というのが割と解るし、言葉のすすむ形式なりを自分なりに模索しているという点ですね。

寺山　ぼくもおもしろいと思った。この詩は幼児の怪奇的な童話みたいで、その意味で自分の幼時体験と外的な風景とのコレスポンデンスが詩でできている。それは昨年から今年にかけてのマニエリスムの流行と無縁ではない。ただ速度の競争の時代にどこまで遠く思い出せるかということで、胎内を思い出すというところまでいってね。詩人や劇作家が皆少しでも遠くを思い出そうと競争してきたひとつのレースに沼田さんも加わって、自分の幼時体験を、現代の詩人たちが了解し合える言語によって、レポートを出した、という感じがする。ぼくは幼児性を媒介として語ることで、それ以前の自己模索をまったく予想させない詩はエンターテーメントにとどまると思うんだな。この一、二年の多くの詩が、例えば生前に戻っていったり二千年前に戻っていったりできなくて、たかだか幼年回帰で膠着状態に陥っている現象に、いささかうんざりしているんで、そういうもののなかのひとつの現象としてみちゃうとちょっとやなんだな。うまいんだが。

鈴木　そういうふうには全然みなかったんですよ。つまり幼時体験ではなくて現在の体験と読んだんです。この中に出て来る幼児は彼女の教えている幼児で、その幼稚園の部屋の描写ととったんです。その中に連日ある生の触れ合っている地点として場所をそこに定着させて言語化している。方法的に、彼女が他にいれば他でその現場をつかむことができるんじゃないか、と思う。ただこの詩の場合、幼稚園そのものに興味がある人が読まないとダメだという脆弱さを持っている。詩そのものというより方法的におもしろいといえるんじゃないかな。幼稚園そのものの意味を変えれば。

寺山　そういう意味ではおもしろい詩でしょう。しかしまともに相手にする気になるかというとになるとやはり、十五才の少年がまったく意味の解らないことを書き綴って一年間何となくこだわってきたことの方が、詩の今日的状況のなかではるかに大きい出来事ではないかと思う。鈴木さん自身は天才を否定する立場で詩を書いているわけで、帷子君のエゴチズムに生理的に反撥せざるを得ない。帷子君には天才だという感じがあって、そのへんが鈴木さんが生理的に嫌なところでしょうね。十五才だからゆるすけれども、これが同じ年だったら口から泡を飛ばして否定するでしょうね。

(笑)

渋沢　ただ言葉の問題でいえば、帷子君に限らず、古典などに逆のぼったりしていろいろな言葉を探してきて酔っぱらうほど言葉をいじくりまわすという傾向も、ある意味はあると思うんで、また啄木になるけれど、今、『あこがれ』と「はてしなき議論の後」の方向と較べてみた場合に、確かに後者の方向というのはあの時代に新しい局面を開いたには相違ないんだけれど、しかしそれによって日本語の詩語としてのふくらみというのが非常に少なくなってしまったような残念さがあるわけで、その意味では『あこがれ』の中に非常に豊かな宝があったと思うんです。その宝というのは啄木一人の才能によるものではなくて、そのまえにあった泣菫とか有明とかから続いていたものなんだけれども、そういうものを啄木があそこで切り捨ててしまった結果、その後の日本の近代詩の歴史をある程度決定してしまったということは、それだけの必然性と意味はあったんだろうけれど、やはり今から考えて非常に残念な面もあるわけです。そういう意味で言うと、例えば荒地の詩人たちが思想用語なんかを詩のなかに入れることによって戦前のモダニスムに対するアンチテーゼをやった、それによって日本語を非常に気硬な堅苦しいものにしたマイナス面もあるんじゃないかという気がするんですけれど、そういうものに対して最近の天沢退二郎とか吉増剛造とかそのほかの人たちが非常に言葉自体にふくらみをもたせようという作業を、意識してかしないでかやっているわけなんで、その方向自体は肯定したいんです。そういう傾向のうえにのって帷子君たちがこういうことをやっているということは、長い眼で見れば日本の詩を詩語として豊かにしてゆくという意味で、積極的に評価したい気もするわけなんだけど……

鈴木　その点でぼくの考えを言えば、天沢退二郎と吉増剛造の場合は、言葉が口から出る瞬間、まあ語り口というか、そういうところを非常に重視しているんですよね。言葉を肉体の中にひき戻そうとする地点で言葉の問題を考えている。それに反して帷子君の場合には、そうでなく印刷されたものなんですよ。印刷されたものの持つ非肉体的なもの、そのもののなかに自分の書く行為を投げだしてゆくような感じというのがあるんじゃないかと思うんです。

渋沢　それは帷子君個人の詩人論になってくるわけで、さっき言ったのは一般的な傾向としての問題なんだけれど、さてそのうえで個個の詩人がどうやって日本語のふくらみみたいなものを一個の詩人としてつくりだし豊かにしてゆくかということになると話は別なんで、その場合には今鈴木さんの言ったようなことが当然問題になってくるわけです。それは未だ帷子君の場合には全然ないと思うんだな。

寺山　天沢退二郎の場合には言語の機能性との葛藤みたいなものがあって、それは戦後知識人の意味と構造との葛藤の間にはさまっているという感じが非常にするわけだ。それはある意味で非常に誠実だといえるけれど、結局、航海者ではなくただの「文学者」にとどまっているという物足りなさがあるわけです。そういう点では帷子君の場合そういう葛藤がないわけです。それは恐るべきことで、無関係に言語を吐きだすということへの評価はあってもよい……。たとえば評論家が彼の詩の中から一行でも彼の思想の構造を探り出せるようなフレーズがあったら、そこからワッと叩きつぶそうと思ってずーっとみてゆくと、これはクロスワードパズルみたいなもので、縦から組み合わせると横が合わなかったり、その逆だったりでなかなかあわないうちに詩が終わっちゃう。これは、レヴィ・ストロースも目をくらまされる子供の手品だ。大体、言語の構造をつかまえようとする発想そのものが既に、帷子君の詩学の外側からしか詩に触れていないのだという点では天沢退二郎でも吉増剛造でもない詩になっている。それを、息づかいまで聞こえるという形の尺度で測ろうとしはじめた時に、自分の詩的立場だけがむき出しになってゆくわけです。

鈴木　ぼくは帷子君の詩はつかめないことはないんです。活字の並びなんですね、これは。彼が段々字数が少なくなるような並べ方をした詩をみた時、決定的にこの人の詩がわかったわけです。つまり、印刷の形だと思ったんです。彼が非常に難しい漢字を使ったりするのも、それはほんとに漢和辞典をみてこんなすごい漢字もあるといったような具合にして使ったんじゃないかと思う。そういうふうに言葉の肉体性を離れて現存在しえているわけですが、その存在しえている地点というのを彼がトータルな意味で使っているとはぼくには全然思えないんで、言葉に対する信仰みたいなものがあって、彼はその信仰によって言葉を絶対視する地点にたっちゃうんです。

渋沢　それは、それ程深刻なことでもなくて、たとえば活字の並べ方ということでいえば、入沢康夫が「わが出雲・わが鎮魂」でやっているのをみて、これはおもしろいなってことで非常に軽い意味でやっているのかもしれない。

寺山　彼のかくれんぼの相手をしてもつまらない。漢和辞典から言葉をとって並べて、それが毎月「現代詩手帖」の新人欄の上位にでてきて既成詩人が必ず一言言わざるをえないという詩壇の現状みたいなものにはね返ってきている、ということを問題にすると興味があると思うんです。

編集部　編集部で帷子さんをしばしば掲載してきたわけですが、たとえば渋沢さんのいわれた詩語のふくらみということで言えば、帷子さんの場合詩語のふくらみそのものにむしろ切りこんでいって言葉をばらばらにしてゆくことを試みて、だから逆に漢和辞典なり何なりから言葉をどこへでも叩きこめるし、あるいは活字のうえで形よく並べてゆくこともできるという、そこでは言葉の意味なんていうものは剥奪されてゆくわけで、その剥奪が言葉自体に提示されていると思うんです。そこでは詩語という言い方そのものに対して帷子さんはひとつの問題を提起しているんじゃないか、ひとつにはそういう感じでとりあげてきた、それに対して評をしていただく詩人の方たちがどう言うかということに非常に興味があったんです。

渋沢　なるほど、そういう点で、総体的にこういう流れというのは押しとどめ難いところもあるんじゃないかと、いささか敗北主義的な感想ももつわけです。しかし、もしそうだとすると帷子君は一種の犠牲者だという感じがするんだな。それが、気の毒なようで、それをはね返すものを何か持ってもらいたいということです。ただ、時代状況を外して一人の詩人が出るということはできないんでそういう意味ではやむをえないかな、と思うんです。

寺山　詩には必ず日付があるもので永遠不滅の詩なんてものは存在しないから状況とのシーソーゲームで今日の詩が存在するのだとすると、十五才でシーソーゲームを一年間きちんとやったという功労を認めてもいいんじゃないですか。

鈴木　ただ、十五才でも何でも詩を書いているものとして相手にした場合、こういう状況の中で作家として出てきて、しかも渋沢さんは犠牲者だといわれたわけですが、犠牲者であるということに自ら無自覚であるということに対して、ぼくは非常に耐えがたい思いがするわけです。それと同時に、「ぼくの書く詩のような」という批評を聞いてぼくもこんなふうな言語体系をつくっている一人なのかと愕然としたんですけど、ぼくは自分の詩を書く場合に、言葉を自分自身の体にひきつけて、けとばしたい、いってみればヒューマニズムの立場で書いているわけです。ところが帷子君の詩は非常にアンチヒューマンなんですよ。そのアンチヒューマンなということがヒューマニズムにひとつの働きを持っているという意味で、さらに大きなヒューマニズムととれればいいけれど、この場合にはヒューマニズムが死んだ完全にアンチ・ヒューマンなものだとしかぼくはとらないんです。そういうアンチ・ヒューマンなものに対して無自覚にのめりこんでゆくのが耐えがたいわけです。

寺山　しかし彼が何の犠牲かというと、それはまさに現代詩の犠牲者なんであって、それはそのまま現代詩にはね返ってくる問題であるわけです。

渋沢　それは誰でもが犠牲者なんで、それをはね返すものが本人にあればいいわけですよ。

寺山　賞を本人のためにやるか、詩壇の状況のためにやるか、選ぶわれわれのためにやるか、というふうに考えなくてはダメだと思うんで、ぼくは選ぶわれわれのために賞をやるというふうに考えたい。とすると帷子君がいいんじゃないかという感じなんだ。

佐藤英子の作品

編集部　こちらでしばしば取りあげたもう

ひとりの人で佐藤英子さんはどうですか。

寺山　ぼくが選をしている受験雑誌にこういうタイプの詩がとても多いんですが、似たような詩でその方にむしろもっとおもしろいのがいっぱいあるので、この人には興味がもちにくかったですね。ただ、「アポロ八号の成功から」（5月号）はちょっとよかったですね。「わたしは地球のお母さんになるんです」なんてところがね。

鈴木　この人の詩も流行といえば流行になっちゃうわけですよ。ある程度気のきいた言葉づかいを、ちょっとひっくり返しているわけです。この人の詩からは、自分の日常の行為が非常に単調に感じられるんです。その単調な感じの日常自分で気がきくといった具合にひっくり返しているに過ぎないような感じで、それをひっくり返す時に少女的に何かを自分に思いこませて、その思いこんだものを自分の行為にあてはめてゆくといったようなことが、この人の詩の作り方なんじゃないかな。そういう思いこみはかわいらしいっていえばかわいらしいんだけれども、それだけことじゃないかと思ってそれほど……

小谷哲・瀬崎祐・野間亜太子の作品

渋沢　古典などから言葉をひっぱってきて書くというのが今年の流行だったけれど、もうひとつの違う傾向をぼくは感じたんです。小谷哲さんとか、ああいう人のもっている『異邦人』のムルソーばりの非常に中性的な語り、それは自分を語っているのだけれどひどくなげやりな調子でやっている。これも帷子君なんかの沢山言葉を使っていながら何も言ってないというのと裏腹の現象じゃないか、という気がしましたけどね。

鈴木　この人の詩では「体制内強制的電車の律動性によるオレと彼女」（7月号）がぼくにはおもしろかったな。一種の会話体というか、行と行との間が対立しながらすすんでいって、物語をひとつつくろうという意欲があって、こういうやり方から小説の場合の井上光晴さんを連想したわけです。

瀬崎さんの詩では「海の見える地下喫茶の詩《うた》」（4月号）で、具体的な彼自身の物事と言葉自身のぶつかりあいみたいなものから、ちょっと俗っぽい変な雰囲気が出ていて、おもしろいな、と思いましたね。

それから大仏さんの「塩気場」も、何か民芸的な、一種のはやりといえばはやりなんだろうけど、そういうもののなかでは一応力があるんじゃないかな。

寺山　ぼくは瀬崎さんいいと思うんですけど、ちょっと耐えられないんですよ。「痛みへの思考　が　豊饒なオレンジとなる」とか、「指は　仮称となって　溶け始める」とかなんて、おまえいったい何言ってるんだ、という感じがしてね。これは傲慢ですよ、ニヒリズムがなさすぎる。

渋沢　そうですね、言葉の感受性が雑すぎるという感じだな、ムードはあるんだけど。

寺山　野間さんの詩の中でひとつすごくいいフレーズがありましたね、田村隆一さんも書いていたけれど、「誰もいない舟が呼びます」「来い！水」

鈴木　この人の言葉の使い方と、山口哲夫の詩を読んで、ぼくがこの人たちの年代だったら考えも及ばなかったろうと思えて、非常に異質な感じを受けましたね。

寺山　この人は教養があるのに、もったいないと思いますね。つまり、こういう詩何にもならないんじゃないかな。

鈴木　さっき寺山さんがいわれた記憶ですね、記憶した言葉をまるっきり全部出す。

寺山　記憶の速度をち密に計算してみせた、というだけでしかない。これは、技師のしごとです。

鈴木　そういう意味ではちょうどいい見本という感じですよね。

芝山幹郎・熊倉正雄・辻桃子の作品

鈴木　芝山さんの「連禱遺書」は非常におもしろいと思ったけど。

渋沢　ぼくも一応眼を惹かれたんだけれど、かなり鈍重な行が多すぎる。むしろ「おとがいのしずく」の方が、読んで楽しいという意味でおもしろかったです。この人確かに才能ありそうだけどムラがあったんじゃないか。

熊倉正雄はどうですかね。

鈴木　最初に言葉があって、あまり……

寺山　日本語のサリドマイドベビイだな。しかし、その背後に切々と胸を打つヒューマニズムがあるということです。

辻さんの詩は悪くないですよ。

鈴木　「キリストとは誰であったか」（10月号）というのはおもしろかったんだけど、最後にキリストの名が出てくるでしょ、ぼくはどうもそれでアレルギー起こしちゃってね。

寺山　この人がこういう詩を百とか二百とか書いて本を一冊つくっても驚かされはしないだろうけれど、感じのいい詩集になるだろう。

鈴木　そうですね。

山口哲夫の作品

鈴木　山口哲夫の詩に、現代詩が自己ということにこだわっていることに対するアンチを感じましたね。

寺山　この「風雲録」（7月号）という詩はすごくカッコいい詩ですね。たまげたな。カッコよさが気にいったよ。

鈴木　ちょっとぼくには考えられなかった詩ですけれど、それを若い人がさあーっと書いちゃうということは……。しかし、言葉がもっと俗っぽければもっとよいと思う。その俗っぽさに自分を賭けてみたい、と考えてくれないかなあ。

寺山　この人毎月出してたらもっと話題になったんでしょうね。

渋沢　これは天沢退二郎ばりなんだろうな。

寺山　いや、これは起承転結でね。そういう意味では天沢退二郎とむしろ対極的だ。この人すごくいいね、あらためて感心したな。「私の詩について」の文（11月号）もいいね、「いざ次回作《のろのろし歌仙の……」っていうのは。「修羅つくり」(11月号)の「股ばさみつんつん妻殺し」というフレーズもあるよ。「詩」におけるプレイボーイだよ。言葉に惚れさせてるんだ。

渋沢　これはおもしろいな。いかにも昭和元禄と見合った面白さ。つつんついつい……て感じ。

鈴木　結局、こういう書き方が現代詩には欠けているんですよ。

寺山　だから、状況とのシーソーゲームという意味でうまい登場の仕方です。この詩は一つのニヒリズムに裏打ちされた日本浪漫派のパロディのようなもので、今日的な反言語状況の中ではダンディズムをきどっている。東映のやくざ映画よりももっとスノビズムが横溢してるんだな。もし、彼がスポーツカーでものりまわしていたらカッコいいというところです。

＊

編集部　ではそろそろ結論的に、受賞者の決定をしていきたいと思うんですが。

鈴木　受賞者は投稿をやめてしまうようだけど、それよくないと思う。ここで誰が受賞しても続けてほしいな。

寺山　ぼくの意見を簡単にまとめて言うと、一年間を通して問題にされてきた帷子君をどうするか、ということと、もし帷子君に反対だという場合、詩の数がとても少なくてもいいということであれば山口哲夫がいいということです。

鈴木　とにかく賞が客観的に選ばれるということであると、帷子君にはいやですね。山口哲夫に賞をやることには賛成ですね。

寺山　二人にやったらどうですか。

渋沢　強いて反対はしません。

鈴木　それでもぼくは帷子君に賞をやることには反対します。ぼくは彼を選びません。

編集部　それでは今回の受賞者は帷子耀さんと山口哲夫さんということで、鈴木さんの帷子さんには反対ということを附けて結論にしたいと思います。

ぴっぱ・ぱっせす
――または詩歌における青春

塚本邦雄

青春とは虚妄の時間である。生理的な時間のそれですら、「あつた」といふかたちでしか捉へられない。〝私は若かつた〟のであつてまことに若い時、卽ち肉體の充實の極みにある二十歳前後に、完全な相でそれを確認し、表現するには〝若すぎる〟、その悲喜劇の樂屋で、青春は瞬く間に老いる。僅かに夭折の天才が記しとどめた青春は、死と背中あはせではじめて輝いた時間であつた。

老いぬれば年の暮れゆくたび毎にわが身ひとつと思ほゆるかな

と、實朝が二十をいくばくも出ぬ、青春のただなかで、未來における過去を歌つたことを、極限狀況にあつた彼の徹底したニヒリズムと考へるよりも、詩歌における青春の虚妄性の逆證明として、私は珍重するのである。

さらに言へば、私にとつて、金槐集には

萩の花くれぐれまでも有りつるが月いでて見るになきがはかなき

以外一首の秀歌もない。萬葉ぶり、ますらをぶり云云の、夥しい頌を私は一度も信じたことはなく、彼の希臘の不條理悲劇一幕を髣髴させる生涯を二重寫しにしなければ、到底感動不可能な新古今本歌取り數數にも、はなはだしく慊焉たるものがある。「たぶさの濃紫」とか、「君にふた心」の情緒や精神の昂揚には、あつてなかつた、まことの詩歌の青春、美學の充溢が、一見纖弱な「萩の花」にはある。彼はこの一首と死をひきかへにしたのだ。死とひきかへにしない青年期、危機の豫感のない若さは、詩歌においては單なる老いにすぎない。たとへそこに情熱と欲望が逆卷いてゐるかに見えても、それはただ生理の反映にとどまるのだ。

私は「若い荒地」なる回顧録を、決して『荒地詩集』と同時同次元において享受することはない。前者の、青年期を太平洋戰爭といふ精神と肉體の危機に刺し貫かれた、受難の時代のレジスタンスの記録にまで高めて讀んでも、後者の創刊號の、有名な「Xへの獻辭」の數行にも及ばない。ことわりはことわりであり、その「Xへの獻辭」さへも、田村隆一自身の數行から成る一篇の詩「腐刻畫」の、序としてのみ輝く。すなはち、彼等が、その溜り場を新宿の「ノヴァ」にしてゐようと、淺草の「ロサンゼルス」にしてゐようと、いかなる女性と關係をもたうと、詩歌における青春の本質とは何の關りもない。事實としての生理的青年期が賑賑しく語られ、謳はれてゐる時ほど、その實體は空虛である。彼らが青年期に逅つたのは、まさに、たとへば

〃親愛なるX……。

言葉を肉體にするとは、正に詩にふさわしい。しかし實際には、これは不可能なことして、一つの譬喩的な意味に於てしか語られていないようだ。そして僕等の苦しみに滿ちた現實では、言葉と肉體は別別に歩いている。自由とパンを同時に獲得しようとする時、行爲は汚され、精神は傷つく、これが人間の現實である。多數の勞働的人間から、一介の美的生活者に至るまで、躓く石は同じである。言葉は肉體と喰い違い、肉體は言葉を置き去りにする。生と形式はどこまでももつれ、そうして、もし精神が彈力を失うならば、生命はより容易な形式へ、より近い性質の世界へと下降してゆく。故に言葉を肉體とするということは、最高の意味に於てしか存在しないのである。〃

などの數行にもあるやうな、一見平凡で退屈な正論を體得した時點であり、戰爭を境として當然彼等もすでに生理的には壯年に達してゐた。然し若さを牲として獲ちえたその文學の青春は、

腐刻畫

田村隆一

ドイツの腐刻畫でみた或る風景が　いま彼の眼前にある　それは黄昏から夜に入つてゆく古代都市の俯瞰圖のようでもあり　或いは深夜から未明に導かれてゆく近代の懸崖を模した寫實畫のごとく想われた
この男　つまり私が語りはじめた彼は若年にして父を殺した　その秋母親は美しく發狂した

といふ極めてみじかい、然も極めて濃密で、極めて美しい一篇にまぎれもなく結晶してゐるのだ。極論するならば、「荒地」は、〃Xへの獻辭〃も、まして「若い荒地」なる經歴書も、さらには他の同人精鋭の詞華もことごとく消え去つて、この一篇の詩で十二分に存在證明たり得てゐるのだ。「腐刻畫」がやうやくにして青春の證明となり得た時、それは終末を視た。「ノヴァ」に集ひ、「ルナ」に據つてゐた時の彼等の地獄が、現實の奈落が、十數年を閲してつひに、思想として美學としての煉獄に結實したのだ。そしてその瞬間に、彼等の詩人としての使命は終り、「荒地」は除命のための沃野と化してしまふのである。

詩歌における青春とは、詩人たることを自覺した時期の呼稱であり、それは私にとつて終末を視る時點の謂である。その時が十七歳であらうと七十一歳であらうと問ふところではない。

その意味でならば、蕪村は晩年「夜半樂」の『晉我追悼曲』制作時六十歳を超えて、山村暮鳥は「聖三稜玻璃」の『囈語』を書いた三十四、五歳で、はじめて青春に達し、伊藤靜雄は、「わがひとに與ふる哀歌」で、〃切に希はれた太陽をして、殆ど死した湖の一面に遍照さするのに〃と歌つた時、最も若く輝いたのだ。

詩は當然、その制作時の生理的年齢の低さによつて、より愛されてよいものではない。若さはプレミアムにもあたひせず、ディスカウントにも相當することはない。そこに一首の、一篇の詩歌があり、それが作家の生涯の中で最も強い光りをはなつか否かで、青春の位置が決定するにすぎない。私生活に密着しすぎた短歌の場合、若書きは卽作者の青春の記録であるケースがほとんどであるが、實朝の複雑な老境詠も入れて、たとへば古典の「讀人不知」詠に、作者の年齢推量を强行し、それを評價の基準にすることが、一種のきちがひ沙汰であることは自明である。

完璧にうつくしい詩歌は、それ自體が青春であり、その逆ならばたとへそれが十七歳の作でも老衰といはねばならぬのだ。いつ、いづこで果てようと、すべて詩人は、死後に語るべきであった禁忌の幻想を、世界に鬪る豫感を、あへて生前に歌ふべく決意したものであり、おそれに佇ちすくみつつ、はじめて明晰な肉體の言葉、言葉の肉體で、それを表現した時が、彼自身の青春だつた。

桃の核　他　　相良宏

無花果の空はるばると濁るはて沼に灯映す町もあるべし
一瞬ののちに悔いたるわが涙早きなでしこのあけににじあり
ながらへて脆き前歯を缺かしめし白桃の核を側卓に置く

初等文法　他　　杉原一司

夏の陽に灼かれて日日をあるばかり石は花花のやうにひらかず
あざやけき死のちらちらとうかびくる夕べは鳥の鳴くとせなくに
孵卵器のタマゴくるしげに歪むコロ不潔な神話世に流布シダス

あるひは、富永太郎の「遺産分配書」や「頌歌」、立原道造の「萱草《わすれなぐさ》に寄す」の中の『わかれる書に』や『はじめてのものに』佐川ちかの「昆蟲」に「死の髯」、これら二十代前期で自らの青春と別れた死者たちの傑れた遺産すらも、なほその夭折によって不當に高く評價されてゐる懼れなしとしない。彼等の夭折は、死をひきかへにした青春の充實にいたらず、作品の青春の中絶によつて、甚しい未練と未完の美をさらしてゐる。

特に富永の「遺産分配書」など、ランボーの傑作「獻身」のパロディとも言へぬ猿眞似にすぎないが、遺された友人の回顧のゆゑに、意外に代表作めいた錯覺を與へてゐるやうだ。

短歌にも未熟な生理的青春の歌はあふれてゐる。死も危機も慢性症狀を呈した世界で、少なくとも外見は、いちはやくこれを豫感し苦悶するかの作品が、あるひはそれを潔く形而下の現象として切捨てて、あり得べき美を奪回、先取りしようと鏤骨する作品が、同人誌の巻頭から巻末までにひしめいてゐる。ただ、これは青春の現象であるにとどまり、短歌の青春性、あるひは〝輝き《ブリオ》〟とはおのづからわかつものであらう。ただ、そのその現象としての青春が何に渇き、何と刺しちがへようとしてゐるかを確認することは、單に青年期にある作者らの上の問題にとどまるものでないことは勿論である。

たとへば現代詩の世界の一種の突然變異として、十五歳の詩人、帷子耀が示してゐる、異様なエステティクは、私の興味を唆る。

宙吊り卵を鞭打つ日のひび割れ割れの夢観察締め・断片

（擬似韻律による〈二十プラス十三プラス二十〉行）

季の果てに
なだれる色師
立ち込めて
雛繪圖昇る
丑の時　棺跳ぶ
夢萎靡にウケバル王師手向けるインシュリンのスープ醱酵
ダフネ環めぐる正午ささめいて其文字踏み分け怖《お》め怖《お》め顯微
母性裂く器用な皮膚に霙めく白血球に立込み呻吟《にえ》ぶ
密しけしドレルバーテンあんめら斑まだ暗視食《とう》ぶ驗者《げんざ》の眼疾
茫茫と驅け組む夢氏《ゆめうじ》　際《きわ》曲げる喉に匙刺し寶珠頻りと

（以下省略）

昨年秋の「Oh! no」から近作七月の掲出作品まで、粟津則雄、川崎洋、北村太郎、加藤郁乎、白石かずこ、田村隆一ら月月の「現代詩手帖」〝今月の新人作品〟選考委員の目をみはらせてきた、その早熟の鬼才ぶりは、十數行の抄出で明らかに出來るものではないが、また、この言葉に對する貪婪な興味は、今の段階ではコレクションの域を出てゐないのだが、十五歳の少年が、このやうに自分の宇宙にむかってのみ無限に繁殖し、外界にむかつては完全に閉された場所で、萬華鏡さながらの幻像をつみかさねる精神風景に、私は戰慄をおぼえるのだ。殊にこれはほとんど短歌を行替へして横に並べた韻律詩である。しかもこれと同様の手法と小宇宙は、夙に「無頼派」「幻想派」等のリトル・マガジンに屬する歌人が試行を閲してきたものである。現代短歌が現代詩に影響を與へた例は、清水昶らにも既に顯著であるが、青春の詩歌の飢渇する一面が、明瞭にみとられるのではあるまいか。言葉の遊戯、似而非錬金術といふのは易い。然しかく遊び、かく凝る執念の必然性を、言ひかへれば、それをこそみづからの生の證明となす以外に途のない、彼等の凄慘な欲求を解明することは容易ではない。そして、その欲求の底に、ゆきつくべき究極にこそ、詩歌の本質、青春性の核が、おそらくは終末の威相をそなへて聳えてゐるであらうことを豫測するとき、その解明は常識的なポエティクをもつては至難であることを思ふのだ。

〝世はすべてこともなし〟とブラウニングが二十代の終りの處女詩集、「鈴と柘榴」雙書の中の『ピッパは過ぎゆく』に歌つてから百八年を閲した。バイロンに心醉し、シェリーに傾倒し、戀人の女流詩人とフィレンツェで結婚して暮した、ヴィクトリア朝の幸福無類の詩人が見たピッパは、もう二度と通りすぎることはない。

にもかかはらず若者は待つてゐる。安見子がピッパが、もう一度通るのを。青年歌人の作品に、戀人と覺しい女性固有名詞の頻出するのはその證左であらう。カサンドラもジャンヌもエロイーズも眞知子も、死にたへ見放したこの世界は、神の治しめすこともなく、すべて凶凶しいが、自身の青春を作品自體の青春と錯覺し、ますらおぶりを學園鬪爭の激昂におきかへおきかへ、あつてない、あるはずもない青春を、あるべくもない場所におひもとめつづけるだらう。男は狩りする者であるといふ。それはそのまま狩られ殺される者であることを意味しよう。いづれの側も血の意味を知つた時に、死と刺しちがへた時に、はじめて詩歌の青春の完結することを、再び通らぬピッパを期待する前に、よく承知しておくべきであらう。

寺山修司宛書簡　一九六九年一〇月一七日

塚本邦雄

思潮社「戯曲集」等二部の書評、依頼しておきながら一からうにゲラ刷送つてこず、一体何をしてゐるのやら。「現代詩手帖」の応募詩の才人帷子耀《かたびらあき》、十五歳といふのにあの気味の悪い位の美意識、短歌つなぎあわせて一篇の詩にする韻律感覚、学生歌人に爪の垢でものませてやりたい。夏休みといふので三人ばかり若者来遊、対話をきいてゐると、もううめやうもない落差あり、僕も途中で匙をなげてたが、要するに何もよんでゐない。教科書の深読みすらしていない！といふのにはあきれます。「話の詩集」の「月蝕」あらうことかさしゑは何とかいふ女流の手になる様子、うのあきら氏ならばと心たのしみにしてゐたのに口惜しくて屈辱これにまさるものなし。千夜一夜でも一杯といふところでせうが、女のさしゑなら寧ろ無い方がまし！

万年筆の尖端溺愛症ますますつのり、セーラーの極細五千円が世界最高ゆゑ、もつぱらそれを用ひてゐますが、濫用すると二ヶ月で太くなり、要、買換、ささやかな収入をおびやかされるていたらく。『ニューヨーカー短篇集』よみつつあり、一度読んだものも沢山あり、今のところではこれは！と思ふものみつからず。

どなた様ともとんだごぶさた、某氏とも三月以来音信不通。つまらぬものをつまらぬところへ書くと冷笑しているでせうか。某氏のやうに「新潮」でなくては書かぬの何のと斜に構へてゐる見識もなし。たのしみに書かせてくれるところがあつたら、勝手に心まかせにこののちも書くつもり。ただ暇が無い！

早川ミステリ十二月に「ブラック・ユーモア」特輯で三十枚もの一篇注文あり、「秋鶯囀」といふ題で何かかくつもりです。

歌集、菊花の宴の九月九日迄に机上にとどかぬといみがうすらぐので、発送の時とてもいそがしくなりさう。

「幻視絵雙六」なる一篇が結果的には書きおろしになったことと、一首一行組にできたことがささやかなよろこび。

「反歌」なる同人誌創刊号に新古今論をたのまれたので、後鳥羽院が選を重ねてゐるうちに、菊の花のうたを次次と削つてゆき、あるひは厭な奴のうたを落し、ありえたであらう新古今をゆがめたかたちで、それゆゑに完璧なかたちで世にのこすといふ架空のエッセ・ロマネスクを書かうと思つてゐます。彼は藤原兼子といふ女性のてびきで、夜夜美少年をひきいれてゐたといふ。これは史実あり、まことに面白い男です。

婚姻色の鱮鰭《たなごひれ》ふる死後にすらわがひとに与へざりける哀歌
拝眉の機切に切に待ちわびつつ。

帷子　耀論のために――〈革命の年〉を遠くはなれて

一色真理

帷子耀はぼくよりも八歳若いが、ぼくが三冊目の詩集『純粋病』の詩を書き出した頃には、既に筆を折っていた、早熟の伝説的詩人である。

疾走感のある文体は何百行、何千行と書き続けられそうに見える。それをあえて逆三角形の定型に落とし込んで、言葉の内圧を圧倒的に高めるという、抑制の効かせ方も見事だった。つまり、暴走し爆発しようとする無意識（作者自身の／言葉自身の）を、奥へ行くほど狭くなる穴の中に追い込んでしまうのだ。当然ながら、その作品は端正極まりない形式の中に、今にも爆発しそうな沈黙を封じ込めることになる。

彼が十三歳で詩を書き始めた一九六八年は、パリの五月革命や日本の東大闘争など、世界で同時多発的に学生反乱が発生した年である。アメリカではベトナム反戦闘争が、中国では文化大革命が、イギリスではビートルズが音楽の革命を起こしていた。日本の現代詩がそれに呼応して言葉の反乱＝氾濫へと突進していったのも、まさにこの年だった。それを〈革命の年〉と呼ぶことにためらいはない。帷子の逆三角形もその急流の中で、時代の運命を担って誕生したのだ。

革命の年、ぼくはよく仲間の学生詩人たちと新宿の深夜喫茶を根城に、夜明けまで詩の共作ゲームにふけった。そんなときぼくらが書いてしまう匿名のテキストは、なぜか帷子耀の詩にどんどん似てきた。そう。帷子耀は個人のペンネームであるにもかかわらず、当時のぼくらには時代の匿名性を象徴する名前のように見えていたのだ。ぼくらは匿名性に憧れていた。ぼくの属していた同人誌「ガラスの首」（蔵持不三也　たなかあきみつ　吉沢修等）では作者名を一切表示しないで作品を発表する形式の詩誌について議論したほどである。

ただ、今回その全詩を読み返してみて、一つ気づいたことがあった。帷子耀は日本語の規範性から極めて自由に解放された場所で書いているが、本当は「自由」とか「解放」ではなく、それはもしかして幼年時代から在日として日本の社会から疎外されていたことの裏返しではなかったか。つまり「自由」でも「解放」でもなく、「追放」されていた原体験がいやおうなく彼の詩を日常性や意味の軛の外部から出発させたのではないか。

「現代詩手帖」二〇一八年一〇月号の特集「現代詩１９６８」に彼が書いた「作文」にあえて、自己のルーツとして祖父母の使っていた韓国語の思い出（「ケジャン」「アニガシミカ」など）が書かれているのはそのためではないだろうか？　その記憶（言葉）を革命の年には彼は書こうとしても書けないまま、逆三角形の一番奥の尖端に、今にも爆発しそうな沈黙として埋め込んだのだ。彼の饒舌に惑わされて、ぼくらには韓国語と日本語のはざまできしんでいる、その沈黙が聞こえなかった。そして革命の年が遠ざかるにつれて、ぼくらは帷子耀の〈本当に書きたかったこと〉がやっぱり分からなくなり、その詩を再び見失っていった。日本の社会の表面をいっそう堅固化した規範が覆っていき、かたときの自由も解放も帷子耀も、紫色にけむる記憶の片隅に追いやられていったのだと思う。

イカロスの終連

吉成秀夫

山梨県甲府市。一三歳で書いた詩が現代詩手帖の投稿欄に掲載されたとき、少年は一四歳になっていた。一九六八年のことである。少年は自分のペンネームに一目では読めないような難読字を用いようとした。できあがった名は記号的で、その響きは少年を満足させた。

小説家になりたかった。SFマガジンを愛読し、安部公房に驚いていた。しかし、小説を書くとなると「勉強」が必要だと感じた。一方で詩はとくだん勉強しなくてもすぐに書けそうに思えた。「変なもの、ぴかぴか光ってるけどわけのわからないものの方へ吸引されてしまい、あっというまにわからないところへ向かってしまった」という。

光っているもの、恒星の耀きは人間の目にはまぶしすぎて見えない。少年は詩の恒星に向けて言葉の焚刑を開始した。言葉の炎の耀きのなか、究極の灰から一羽の不死鳥を飛び立たせるために。

「夢中の冬／夢中できみの両の手の中の鳩に火をつけると／鳩は／常緑の枝の折れ口へ／まっすぐに飛ぼうとしてまっすぐに／増水した／雪たまりの苦みに落ちる」(p.316)

少年は、高校卒業時までのすべての詩を、生地である甲府盆地のなかで書いた。盆地は山に囲まれて足元を一段低く感じさせる。そこで多くの手紙を書き、詩を書いた。授業中も書いた。「なにしろずっと書いていたから」（現代詩手帖二〇一八・一〇 p.28）ふっと書く手を止めて窓の外に目をやると、南アルプスの稜線のつらなりが映っただろう。

一九六八年、現代詩手帖投稿欄に掲載の詩「ノオト」に、少年自身の姿がある。


「それから僕はノオトの最後の頁を何気なく開き　詩の終連をなんとなくみとってしまおうと相変わらず猫背気味のまま　〈世界より一段〉低い机に横目をやると　〈首をつ〉ってみる気になった」＊（p.22）

世界より一段低い机に置いた少年の、いや詩人のノオトブック、ルーズリーフ loose leaf〟原稿用紙の縁を机の外へと拡大してゆけば、南アルプス山脈に縁取られる。すりばち状の盆地の低みで、詩人は垂直にペンをおろす、来るべき詩の終連にむかって、ノオトに詩の糸をおろす。

甲府盆地はかつて地底湖であったとする地質学的説があり、湖水伝説が存在する。かつて湖であったが、菩薩の力で山が切り開かれ、湖水を富士川にながしたという。また、五世紀には渡来人の墓である積石塚が分布している。ただし、土地との関係を詩人自身がどう意識していたかは分からない。寺山修司の推挙で現代詩手帖新人賞に選ばれた時、この詩人は新人投稿欄の名前のうえにつく都道府県表記の削除を求めている。土地との関係は簡単に割り切れない。自らを束縛するのもまた土地であるのだから。

「監獄らしく苛ら立ち根づいた甲府の立ちすくみだ」(p.75)

詩人は言葉を書き続けた。ひたすら言葉を、已むことなく。言葉の奔流のなかを自由に泳ぐ魚であった。一瞬たりとも同じ景色はなく、同じ生命はなく、全能が力を与え、遊戯性に満ち、堂々をめぐる差異ある反復のなかでつねに動き放射し、つぎつぎと新しい局面を切り開き、未開の地へと言葉を飛びたたせようとした。

やがて詩人は、詩集を刊行する。タイトルは『スタジアムのために』(書肆山田一九七三)。しかし詩集をひらいてもどこにも「スタジアム」の言葉がない。スタジアムとは何か。直訳すれば競技場。辞書には「徒歩競技などのための走路と、観客席を備えた施設。ギリシア時代には丘のふもとにつくられ、平面は原則としてU字形」とある。私はこの「丘のふもとのU字形」スタジアムとは甲府盆地のことではないかと秘かに思っている。『スタジアムのために』の帯には、詩との別れのことばが書き記された。「ここには別れがある。詩との別れがある。それは詩へむかう別れである。」そう書き残して詩人は詩の世界から消えてしまった。

彗星のように現れ、七年間にわたって質量をもつ詩を書き落としながら、なぜ帷子耀は忽然と詩と別れたのか。それについて直接聞く機会があった。

二〇一八年一一月二一日、筆者が経営する札幌市内の書店にて、帷子耀、金石稔、筆者の三名によるトークイベントが開催された。『帷子耀習作集成』の刊行を記念したものだった。ひととおり詩人としてのいきさつを聞き、会場から質問をつのったところ、小樽市在住のフランス文学者高橋純が、ランボーや中原中也を引き合いに、なぜ詩をやめたのかを問うた。「帷子さんが詩を書くのをやめたのは、ある極点を極めたというものが詩の中につまっていたのでしょうか」。この質問に対して帷子は「立ってお答えいたします」といってイスから立ち上がり、慎重に言葉を選びながら以下の返答をした。ここでは詩人の肉声に近いものをお届けしたく、録音音源を起こしたものに最低限の校正のみ施したものを収録する。

行きたいところ、それが「極点」という言葉になるのか、どういう言葉なのかはべつに、己が行きたいと思うところへ、どうにも行けない、行くことができないと思いました。書いて書きつづけることはしようと思えばできるだろう。はっきりと思いました。けれども、己が本当に書きたいものを書く力が己にないと思いました。一方に、そこまで行ける方がいらっしゃるとも感じました。誰もいないとは思いませんでした。吉増剛造さんならば行けると思いました。自分には行けないところまで。

私が書いたものについてこんなものは詩ではない、でたらめだと多くの方がおっしゃいました。そのおっしゃっている皆さんがお書きになっているものが、それではどれほどのものなのですかという思いはもっていました。では己の書いたものと、そちらにいらっしゃる皆さんの書いたものと比べてどれほどちがうのかと思ったときに、さしたるちがいはあるまいと。人の評価とは別に自分には行くことができない、届かないのを感じました。だからただ書く、書きつづけるということはできたと思いますけれども、それは自身を偽ることでしかなかったと思います。五木寛之さんでしたか、ごく若いころに量の面から質を追求したいと、わからないことをおっしゃっていた時期があったかと思います。量を書いているうちに質も高まっていくという意味のことだったと思います。たとえば技術面の磨きのようなことでいうならばそういうことも起きたのでしょうが、書きたいものは書けないことに気づいてしまいました。書くべきことを書けたからやめたのではもちろんないということですね。

書けないという事をよくよく理解した。そこへ近づこうとすると相当な困難、勉強が必要だなと、それに耐えるほどのものをもっていないと思いました。その非情な孤独の時間をささえるだけのものを、己の力だけではだめだと、持てないだろうと思いました。よろしいでしょうか。ご質問ありがとうございました。

＊本稿は帷子耀氏本人による事実確認と校正を経たものである。そのやりとりのなかで、詩「ノオト」にある〈　〉内は、吉岡実「四人の僧侶」からの引用であり、ゴシック体で「ソーロ」が四回繰り返されているのは四人の僧侶を表していることを種明かしされたのでここに記しておく。

付記・特記なく本稿に付されたページ数は『帷子耀習作集成』による。

帷子耀について

杉中昌樹

帷子耀の「夢曜日のへりで」という詩に、母が出てくる。「少女」に「ママン」とルビが振られ、「魔女」に「ははおや」とルビが振られている。「死産する少女かこむ密航船の魔術ほのみえる」（六三頁）とある。少女＝母は死産したのであり、それは、密航船という船のイメージ、海のイメージ、水のイメージと関わっている。死産とは、水子の「水」であろうか。水のイメージは、マラルメの難破船のイメージとも関わるようである。あるいは、幽霊船《フライング・ダッチマン》。母親は、魔女であるから、セイレーンのイメージも緩く関わるのではないだろうか（セイレーンと難破船）。「魔女《ははおや》よ！指の抜き差し不用の長物・舐め舐めて／調子っぱずれに笑ってる／口元だけで笑ってる／薄い喉の振幅／のっぺり喉のブルブルだ／ワレモノ注意の揺れる船底（せんてい）／揺れる船底《せんてい》に書かれた　たくさんの渦巻きに／ちびた嵐の不吉も読まないさ」（『帷子耀習作集成』思潮社　六五頁）。魔女＝母親は喉をぶるぶる振るわせて口元だけで笑っている。これはセイレーンが微笑みながら歌っているイメージだろうか。そして、魔女＝母親が歌うと、船底は壊れ、渦巻きに飲まれる。おそらく、母とは、セイレーンのような誘惑者なのだ。死へと誘う誘惑者。甘い微笑みと、甘い歌声で、海の渦巻きの底、奈落の底へと導く、死神のような、魔女のような存在。そして、それは少女でもある。母は少女なのであり、母は死産する。母は水子を産む。つまり、「母」と言っている詩人そのものが水子なのではないだろうか。母によって、死へ導かれる、母によって死へと産み落とされる。母は、魔女であり、少女であり、マラルメの難破船のように、海辺に漂う女である。水に戯れる女、波間を微笑みながら漂う女、それが母である。

「夢なんか塗たくっちゃえのおまじない」にノアが出てくる。「夢曜日のへりで」に母が出てくるとするなら、ノアは父、新たな人類の父である。「いいんだ。航海技術なんて何も教えてくれなくて」(一二〇頁)。地球表面が洪水で全て覆われてしまうから、航海術は必要ない。地球表面が全て海なのだから、どこへ行こうと一緒なのだ。「この泡だちの悪い卑俗の球の末端で」の「球」とは「地球」のことだろう。水に覆われた地球は泡立ちが悪い。「方位を目盛らずにたゆたっていく無数の音符に」地球表面が水に覆われてしまえば、方位も役に立たないだろう。ただ、方位を気にせずたゆたうだけだ。「無数の音符」というのは、地表に降り注ぐ無数の雨粒だろうか。雨が降り続き、地表は姿を消した。無数の音符のような雨粒が、地球表面を水で覆い尽くす。「ざらつく子守歌のびらびら」「夢精」「ありあまるくすぐったい夢も」は眠りのイメージだが、洪水を生き延びたノアは、地上に葡萄を植え、素っ裸で眠ってしまう。この時、ノアは裸で眠っていることを告げ口したひとりの息子に呪いをかける。「ありあまるくすぐったい夢もたぶん立ち枯れて船出まえに方舟は　もうもどかしく不吉の涙で砕け散る」というのは、方舟を持たない私たちのことだろう。今、洪水が起ころうとしている。そして、世界は洪水に滅びようとしている。だが、今の私たちは、ノアのような方舟を持たない。私たちの方舟は船出前に、不吉の涙で砕け散っているのだ。帷子耀における船、あるいは海洋のイメージそして、死産のイメージ、難破船のイメージ、さらには、洪水という災厄にもかかわらず、今の私たちには乗り込むべき方舟もない、ということ。ノアのように、救済される、あるいは、何かが産み出される、ということへの絶望、というか、諦観のようなもの。帷子耀は、醒めていて、諦めきっているように見える。それは、時代ということもあるだろうが、熱い時代が、終ろうとしているとき、遅れてきた詩人にとって、乗るべき方舟はすでに砕け散っている。時代の興奮は去ろうとしている。詩を書くということ、何かを産み出すということが、すでに難しくなっている。それは、今現在を生きて、帷子耀を回顧している私たちにも通じる何かだ。私たちが今、リアルに帷子耀を読むことが出来るのは、この、詩を書くことの不可能というか、何かを産み出すことの不可能、そして、乗り込むべき船が、帷子耀以来、今も同様に、存在しないということによるのではないだろうか。では、私たちの詩は、何をいったいどうすればいいのだろうか。『帷子耀習作集成』を何度でも読んで、じっくり考えてみようと思う。

革命前夜の詩的言語　――帷子耀の誕生をめぐって

林　浩平

帷子耀《かたびらあき》を名乗る少年が、『現代詩手帖』の詩の投稿欄に現れたのは、昭和四十三（一九六八）年の四月のことだ。四月号に「あんぶれら」が初めて掲載され、その後も六月号、七月号、十一月号と、四篇が一九六八年には活字化されている。以後も投稿は続けられて、二年後の一九七〇年、帷子耀は第十回の「現代詩手帖賞」を受賞した。選者は、寺山修司、渋沢孝輔、鈴木志郎康の三人で、とりわけ寺山が強く推薦したという。本名の大久保正博は一九五四年二月十四日の生まれというから、受賞当時帷子耀は十五歳の高校一年生だった。デビュー時は、わずかに十三歳、驚くべき早熟ぶりである。

そのころの作風はどんなものであったか、引いてみよう。

夜毎　都では
からまる
《足群》の位置から
神々の雑多な言葉が

柔に響き　やわに響き　夜半《やわ》に響き　夜半にひび割れ　遠のく

モナリザの涙・〈アイ・シャドウ〉＝グリーンのシャドウが溶けると
こいびとの君は
グリーンの論理だけで
きゃあ　きゃあ　とお喋りを始め
きゃあ　きゃあ　きゃあ　とお喋りを続け
きゃあ　きゃあ　きゃあ　きゃあ　と未だお喋りを続け
で　とどのつまりはこうだ

安全《グリーン》　安全《グリーン》　安全《グリーン》よ！
（そして君は全ての世界の窓を開ける）

「移行の時間・移行のこいびと」という詩篇の冒頭部である。「現代詩手帖」一九六八年七月号に載ったものだ。当時、たとえば吉増剛造は、「ぼくの眼は千の黒点に裂けてしまえ／古代の彫刻家よ／魂の完全浮游の熱望する、この声の根源を保証せよ／ぼくの宇宙は命令形で武装した」(「疾走詩篇」)なんて調子で書いたのである。早熟な中学生の詩的感受性に、吉増流のこうした激越な文体が感染作用を働かせたのだろうとは容易に想像がつく。

しかし、それにしてもこの中学生、過激なまでに早熟である。というのも、わたしが生れたのは帷子耀と同じ一九五四年、ただし誕生日は十二月四日なので、学年は一つ下にあたるのだが、まったくの同世代。それなのに当時のわたしに、こんな言葉はまるで読めない外国語だったろう。わたしが詩と出会うのは、高校時代に使用した筑摩書房の国語の教科書で、朔太郎の「竹」と西脇順三郎の「天気」を読んだときからだ。もっとも文学の世界との自覚的な接触は、小学五年生だった。NHKのテレビドラマで松本清張原作の『球体の荒野』(一九六二年)を見て、原作を読んで清張の世界に興味を持ち、『点と線』(一九五八年)や『Dの複合』(一九六八年)など文庫本を小遣いで買って読んだことに始まるだろう。母親から「そんな本は小学生が読むものじゃない」と取り上げられたが、せいぜいその程度である。一九六八年の十三歳ころは、というと、三島由紀夫の『仮面の告白』(一九四九年)と『金閣寺』(一九五六年)を読んで衝撃を受けたが、それくらいの文学少年は世間にはざらにいただろう。だが帷子耀は、無論ただ一人しかいない。

昨年(二〇一八年)に思潮社から刊行された、五百頁近い大作である『帷子耀習作集成』を繰りながら、けれども、帷子耀を生んだのは、一九六八年ころという、いわば特権的な時代状況のなかでの文化圏の「圧」が関わったのではないか、と思えてならない。年表をひも解いて、一九六八年がどんな年だったのか、確かめよう。日本の首相は佐藤栄作であり、巷ではGS、いわゆるグループサウンズが大流行、ザ・タイガースが「花の首飾り」を大ヒットさせていた。またノーベル文学賞を川端康成が受賞したのもこの年だ。忌まわしい出来事としては、金嬉老事件があり、暮には府中で三億円強奪事件が起きた。しかし、そんなことよりも一九六八年という年は、既成権力や秩序や社会の制度に対して、学生たちを中心とした若者世代が、世界的な規模での異議申し立てと叛乱を勃発させた年なのだった。パリではいわゆる五月革命が起こり、日本でも東大闘争を皮切りに、全国の大学で過激な学生運動が高揚期を迎えようとしていた。また三里塚での空港建設反対闘争もピークに達し、十月二十一日の国際反戦デーでは、「新宿騒乱」が発生し、「新宿解放区」を現出させるに至ったのである。

一九六八年がいかに特別な年だったか、それをズバリ語った一節が、評論家の津野海太郎氏の『おかしな時代――『ワンダーランド』と黒テントへの日々』(二〇〇八年、本の雑誌社)のなかにある。「『生ぬるさ』や妥協をアタマから忌避する」「『六八年』の時代感情」としてこう述べられている。

大学にせよ劇団にせよ、まずはじぶんたちの内にひそむ矛盾を煮つめ、対立をがむしゃらに激化させ、そのいきおいをそとにむかってときに暴力的に噴出させる。それだけがただしいやり方なのだという気分が、学生を中心とする若い人間たちのあいだで常識のようなものになっていたのである。

そう、一九六八年の「時代感情」というものをこの一節はきわめて正確に捉えていると思う。そんなところに、当時の文化圏でのすさまじい「圧」が生れたに違いない。「学生を中心とする若い人間たち」は、いわば革命前夜の高揚感を生きたのだろう。当時、和歌山市という関西の田舎町の中学に通う一生徒だったわたしは晩稲《おくて》で、とてもそんな時代の「圧」に敏感に反応できるほど成熟した感受性を持っていなかった。神戸の進学校に入るため、勉強に集中していた受験生でしかなかった。ただ、あのころの未熟な少年の身体の深層に、それでも時代の「圧」は深く痕跡を残したはずだ。神戸での高校生活でロックに出会い、それが「圧」の痕跡と化合して、東京での学生生活が始まったとき、アマチュアのロックバンドを組んで大音響のハードロックを演奏する、という日々を選ぶことになった。いまから振り返れば、学生時代のロックへの惑溺は、津野氏のいう「一六八年」の時代感情」を、いわば身体の次元での詩的表現として昇華したものではなかったか。

帷子耀は違った。「『六八年』の時代感情」をそのままに体現して、時代の「圧」をまっすぐ詩的言語の産出装置に替え、革命前夜の高揚感を携えて何年間かを駆け抜けたのだろう。しかし、革命前夜の高揚した気分は、ついに革命成就に至らぬまま潰えてしまう。祝祭は長く続かない。帷子耀も一九七四年を最後に詩の舞台から姿を消したのだった。その運動記録が一巻の『帷子耀習作集成』である。

波動に乗せて

柴田望

「詩にへんぺんとルビを振る。詩にペンペンとルビを振る。くつがへとルビを振る。ウララカとルビを振る。オも振るか。」

二〇一八年十一月二十二日札幌すみれホテルで行われた、帷子耀さんの『帷子耀習作集成』（思潮社）、阿部嘉昭さんの『日に数分だけ』（響文社）、金石稔さんの『ガキたちの筏』（響文社）、三冊合同出版祝賀会の冒頭にて、恐れ多くも帷子耀さんの「へんぺん」を『現代詩手帖』二〇一八年十月号を片手に朗読させて戴きました。御詩集の帯にも印字されており、暗唱できたのですが、詩人の筆跡で原稿用紙に書かれた『現代詩手帖』のほうを片手に、御本人の前で朗読、最大限に緊張致しました。ある方にそのことを伝えると、〈「くつがへ」は西脇順三郎「天気」から。「ウララカ」は同じくAmbarvaliaの「皿」。〉というレクチャーを受けました。

（覆された宝石）のやうな朝

（西脇順三郎「天気」）

「(覆された宝石)」は、キーツの『エンディミオン』第三巻の中の一句「Out-sparkling sudden like an upturn'd gem」(覆された宝石のごとく突然燦いて)に依る。

麓(うららか)な忘却の朝。　　(西脇順三郎「皿」)

こちらは宝石商人とともに海を渡った少年ディオニソスの神話、オウィディウスの『変身物語』に依ると考えられる。

〈自己表出とは「世界図書館」である〉と、北川透氏が二〇一六年三月一九日に札幌(白石区菊水のグルニエ・プランテーション3F)で語られた「第三回北海道横超忌」、最前列で聴講しました。詩を書く際、次の行にどんな言葉をもってくるかを決めるのは、作者が今まで読んできた本からの学びであり、その本を書いた人たちもたくさんの本を読んできた、そのたくさんの本を書いた人たちもたくさんの本を読んだ…遡ると永遠に続く。言葉を生み出すのは言葉であるというお話(質疑応答で「事業継承に似てますね」と的外れにも申したところ、「その通りだがどこかで終わるものではない」と北川氏に御教授戴きました。)。ジミヘンもドアーズもブルースから出発して独自の芸術に高めた。永遠の「世界図書館」を引き継ぐ真に厳しい姿勢。どこかで終わるものではない。一九六八年という時代を生きていない私がこの『帷子耀習作集成』を、偏愛するレアなレコード類と同様いつも手にしていたい、夢中でページを泳ぎ続けたい理由の一つに、波動ということがあります。古いジャズや洋楽を漁る衝動、鉱脈を探る感覚で、理屈ではなく、ある周波数を感じるかどうかが良い音楽か否かの判断基準であるように、いま、波動を読んでいるな…と感じる。粒であり波である、高い周波数の電磁場（フィールド）では時間の概念がないので、五十年前の作品でもまったく古さを感じさせない。普遍的な作品は「いま」に屹立し、「いま」が次の瞬間を左右している。少し長くなりますが、昨年秋、（公財）北海道文学館で行われた吉田一穂展の文芸対談での、瀬尾育生氏の発言を引用させて戴きます。「松岡正剛さんが一九七〇年代末に『言語物質論』っていうブックレットみたいな本ですけれども、そのなかで展開されていた言語論がある。そこには「宇宙波」と「身体波」っていう言葉が出てきます。宇宙の中に全体として振動している波動がある。一方には人間の個体の身体の固有の波動がある。言語というのは、宇宙波が人間の身体のなかに打ち込まれてくるときに、宇宙波と身体波の合成として生じるんだ、という言い方をされていたと思います。松岡さんの考え方はいちばん吉田一穂の考え方と近いと思うんですけれども、人間の存在のしかた、存在そのものが波動なんだ。しかもそれは合成された波動なんだ、ということです。」（『座間草稿集4　2019・02・10』「戦争とモダニズム―吉田一穂をめぐって

瀬尾育生／矢野静明／高橋秀明（司会）」）。

量子力学では意識も感情も、目に見えないだけでその正体は光子（フォトン）であるという。フォトンは粒という「物質」であり、波という「状態」。波には膨大な情報を乗せることができる。テレビもラジオも、インターネットも電波に乗せている。私たちの意識や感情も情報としてフォトンに乗り、周囲を飛び交っている。新しい詩が「世界図書館」にアクセスして古い詩を、太古の詩人の意識や感情を、瞬間の膨大さを波動に乗せて伝える。

『帷子耀習作集成』のコンピューターで活字化されたはずのどのページをめくっても、人工知能には決して演算できない波が絶え間なく押し寄せてくるのをどう説明すればいいか。時代について書かれていても古さを全く感じさせないことをどう説明すればいいのか。「習作」の域も「世代の興奮」も遥かに超えた凄まじい詩群に冠せられた《習作集成》四文字の素粒子に何が焼き記されているのか。「これは詩だ」…書き方、読み方、距離のおき方、「世界図書館」への儀礼、絶え間なく生まれる謎に想いを馳せるのです。

もうひとつの仮面舞踏会

瀬尾育生

　表現するものの存在と表現されたものがこうむる被規定性とを語るために、六〇年代末以来いく人かの論者によって「仮装」としてさし出されてきた概念は、現在いっそう軽やかに仮面を身にまとうものたちと、いっぽうで断ち切られた回路を宗教性や物神化された名辞によって架橋しようとするものたちのあいだで、思いのほか大きな射程をもちつづけ、しかもそれのもっとも皮相な形において浮上させられているように見える。たとえば**「博物誌」5**なかで、六〇年代末から七〇年にかけてひとつの尖端的な詩の言語をかたちづくっていた「騒騒」の同人たちの作品に何年ぶりかで触れた。それらは現在の「あたらしい」詩人たちの作品となにげなく並列されてあるのだが、それらの間に介在するようにみえる不連続性にもかかわらず、或る不可逆な過程がそこにかくされているのを見てとることはできるのだ。

靴
紅い
栄光を
放尿の下
愛沈む脚に
黄身のように
塗りこめた夜の
浣腸は失敗だった
拍手ではない乱打に
火照る水無月磔刑とし
なべて眠らざる腰を割れ

（帷子耀「少女」）

《スリリングよ！／風の中で男たちは消化され泡立ち風は／ふとってゆく／水藻のそこにちりぢりになって／そしてとっても冷たかったわ／けれどもそれもこれもみんなうそになった／あの夕映えの海と水死人たち／葦の向こうの旅立ち／カーニバル》

（金石稔「カーニバル」）

《切腹したいほどさびしがっている／小さなおなかを／ちいさな菜園よと元気づけている／ものがたりを欲しがっている／小松菜こまつな袖ふる小松菜／姫ぎみは寝びえをしている／蛮族は最初の野菜におどろいている》

（支倉隆子「光合成」）

《確か西方に位置した裏木戸が艮《うしとら》に備えられている。鬼門の戸を引いていえの囲いを抜けると一面の草原が広がり敷きつめられた犬陰嚢《いぬふぐり》。草いきれ。陽は照りつけているのに熱気に疎いのは身にしみる身体を床《とこ》に忘れて出てきたがゆえ。》

（岩佐なを「死にたての頃の現象」）

知られているとおりこのうち**帷子耀**、**金石稔**は「騒騒」の詩人であり、とくに帷子の作品は七〇年発行の同誌から再録されている。ここでは言葉は「人間」らしい手ざわり「現実」らしい手ざわりにさからうように動き、その背後に何もないこと、あるとしてもそれがひとつの仮面に他ならないことを、いわば声高に告げている。だが、ここで告げられたことがいったん自明の前提とされてしまえば、こんどは体質のようなものでねりあげられた「人間」の手ざわり「現実」の手ざわりこそが、この仮面の中によび入れられることになる。

詩を書くとはいかなる仮面をさしだすかという問題に他ならない。そんなことはあたりまえだ、だとすればそれは「人間」に似ていた方がいいし、その衣裳は「肉質」に近づく方がいいではないか。

そしていま、ひとつの詩誌が「博物誌」と名づけられる。だが何故「博物誌」なのだろうか。あらゆる表現を、あたかも自然物を眺めるように等価に眺め、多様性という単一の綱目のなかに配置しつくすという構成が、ここで支配する原理だからだ。

タナトスの接続法、あるいは微細な詩人たちについて

瀬尾育生

　だからわれわれは回想することができるのだ。ここで反芻されている二〇年という時間のむこうには、もはや遡ることの不可能な、大きな詩人たちの時間があった。詩はそこでは個の強い輪郭に隈どられている。詩として書かれる文字たちが、それぞれの個の力に帰属しているという、原理どおりの時間。たとえその詩の思想内容、意味内容の中から自己の陰影をどこまでも脱色しようとする詩人たちでさえ、その方法において他の誰よりも強く個を主張するのだ。詩の言葉はもっぱら、それを書きつける個の通路によってのみ、それに力を供給する何かと接続する。

　大きな詩人たちとは、どんなに死に接近しても必ず詩として生き延びることのできる詩人たちだ。けれども、六〇年代末に出現した異様な散乱する言葉は、この確固とした詩人存在という通路を打ち砕いて、そこでは詩人たちが消滅しなければならないような、別の通路をさし示した。このときからあと、詩が力と接続する通路はつねに死や殺意とともにあることになるだろう。異様な散乱する言葉が言葉の歴史の中に、不可逆な柵をつくりだした。散乱する言葉にたずさわる一群の、生き残ることのできない詩人たちが現れるのだ。

蛇行をくりひろげる思慮深い先史時代の都市地図は相変わらず豊かすぎ少なくともその
限りにおいて《いわば老人であった》というアルミニュウム胸の様に平板な意識を構成
する未完成の言葉たち（彼等は常にいつ果てるともしれない花瓶を読み胃液を映しあっ
て漂うような歴史をひきうけている）でさえも燃えやすいジラフの前では固執を止めら
れている以上奇形合図を弁護するであろう性的な啓示星の棘《おどろ》は一先ず男色の誕生の側に
たたみ柔らかな未来を渡っていく警棒からほとばしる汁を聞きながら都市の割れ目を固
めた恐怖トマトによる給食に加味されていたと言われている

（帷子耀「夢の接触」）

とりわけ肉芽・いまだ蝕む前景純白！を語りつがれし
〈非〉であるのか果てる肉体に仔細いまだ
たなびくともなく・幻の白の・無限にひとり光景を垂れてわたしといえば死バシル空間
　を咲くのである
ここ　かすれては飛ぶ！いびつな唾も紛れるなぜに再生をわたしに貼りつく死海
は　いま拭いてははからずも〈非〉いま虚・球体をたそがれし唯一しきりかすめて無限

身・あわい
わたしが朝　たえずまぶす幕・ひとひら毛にうごめく数千の闇模様を何処！　しきり姿
なくせきあがるへりには
かわいており・塞ぐ現実《ここ》！

（支路遺耕治「黄金の腐蝕あるいは復活前の敗走Ⅲ」）

一九六〇年代の末、これらの散見する言葉たちが解き放って見せたのはエロスと見まがうばかりの――あるいは今でも人はそれをエロスだと信じかねないのだが――死と攻撃の衝動だった。それは詩の言葉のなかで、個の輪郭の溶解と解体にむけられるタナトスが主要な衝動としてふるまいはじめる、意味深い時期だ。

それは誇大な個の前進の衝動、生の力の限度を超えた拡張や拡大の兆候であるように見え、それゆえしばしば「解放」や「革命」という文脈の中で解読されたりもした。だが事態はむしろそれ以上に、死の本能とその逆説的な現れについてフロイトが語ったことをそのままになぞっていたように見える。――権力への衝動、自己顕示の衝動、自己保存の本能といった生への激しい欲望は、あらゆる生命の本能の目標は死であるというタナトスの原理に全く矛盾するように見える。だがそれらの〔全世界にさからっても、自己を主張する有機体の不可解な努力〕も、それが個という球体のなかで終始するかぎりではじつのところ死への道すじのひとつの迂回路、その道すじを個体にとって固有なものにするための迂回路に他ならない。〔有機体は、それぞれの流儀にしたがって死ぬことを望み、これらの生命を守る番兵も、もとをただせば死につかえる衛兵であったのだ。〕(「快楽原則の彼岸」傍点瀬尾)

不穏な、散乱する言葉たちが現れるのは、意味の位階や方法的な統制をふりはらって文字そのものを白紙の上に立てるからだ。人間的な意味のカテゴリー、情緒的なカテゴリーを排除して文字そのものを中心に立てること、それは内在的には純粋な権力の要求であり、絶対的な攻撃性の要求だ。それは自己処罰や自己否定の欲望と補完しあって、のちに七〇年代の政治的なテロルが社会的な次元で追認することになるあの衝動を前もって告げているようにさえ見える。

帷子耀、金石稔、支路遺耕治ら、詩として生き延びられなかった詩人たちから、石原吉郎、山本陽子、立中潤ら、現実に生き延びることをしなかった詩人たちに至るまでの、一群の生き残れない、あるいは生き延びることを望まない詩人たちがあらわれる。彼らについては、その激しすぎる生への欲望が、時代の壁に阻まれて深く死と殺意の方へとなだれおちてゆく……といった種類の物語を人々は好むものだ。けれどもほんらい何を書いても自由なはずの詩の中にさえ、彼らはもともと生への欲望など書きとめてはいなかった。言葉の様式そのものに死への欲望と殺意をこめていた詩誌「騒騒」の詩人たちから、詩の形式を超自我の形成、自己処罰、自己命令、自己への殺意として使用した石原吉郎に至るまで、饒舌と寡黙は同位だったのだ。彼らを規定した根本的な欲動のひとつは、まずそのはじまりから、ただ端的に「死ぬこと」と「殺すこと」。

そしてわれわれは八〇年代後半、現在書かれつつある詩の中にそれと同じ言葉の層、死への欲望によって散乱する言葉の層を見分けることができる。われわれは回想するのではなく、現在の詩の中にそのままそれがひとつの層として折りたたまれているのを見るのだ。意識の統御から逸脱して無機的に散乱する言葉の層、それはそこでもやはり個の溶解と、そこで解き放たれる死と攻撃の衝動に接続しているに違いない。

帷子耀？　あの?!

竹内銃一郎

四条河原町まで散歩。当初は、ジュンク堂で「野球太郎」最新刊を買い、どこか喫茶店に入ってそれを読む予定だったのだが。ジュンク堂は「太郎」を一冊しか置いてなくて、しかも、その一冊を推定32歳のおじさん風若者が立ち読みしている。隣の書棚にあった競馬関係の雑誌の頁をペラペラ繰りながら、「太郎」の自由を待っていたのだが、それがなかなか。たまらずその場を離れ、時間を潰すべく店内をブラブラ回っていたら文芸雑誌のコーナーがあり。近年ほとんど手にすることさえなかった「現代詩手帖」を何気なく手に取ると、表紙に「帷子耀」の名が。え、あの？！驚いて目次を見ると、彼の「作文」が巻頭に置かれ、続いて、四方田犬彦、藤原安紀子との鼎談が！

「現代詩手帖に」初めて触れたのは学生時代で、今月号の特集は「現代詩1968」となっているいるが、もしかすると、その1968年だったかも知れない。帷子耀はその頃、「新人作品」コーナーで毎号トップを飾る大スターだった（現代詩手帖賞受賞）。わたしは毎号購読していたわけではないが、そのコーナーだけは毎号立ち読みしていて、彼の作品に接するたびに、憧憬と嫉妬と腹立たしさを覚えていた。そのコーナーに応募などしたことはなく、そもそも詩など書いたことはもちろん、書こうとしたことさえないのだ。にもかかわらず「帷子耀」に複雑な思いを抱いたのは、彼の書く詩をまったく理解することが出来なかったからだ。今回、嘘！　と驚いたのは、わたしと同世代だと思いこんでいた彼はその頃、まだ中高生だったというのだ。ウィキ調べでは、1954年生まれというから、68年当時はナ、なんと14歳！しかし、70年代初めにまるでランボーのように、彼の名は誌面から忽然と消える。鼎談ではあれは何故？　という問いに「家庭の事情で」と応えているが、誌面に載っている彼の顔がまあ、ほのぼの系の極みでそれにも驚いたが、詩の世界から退いた後、彼は家業のパチンコ屋を継ぎ、ネット情報では、山梨県の実業界ではちょっとした存在だというから、これには更に驚いて。いや、もっとも驚かされたのは、巻頭の作文！（作品ではないと彼は言う）。「作文（ペンペン）です。」というタイトルで3作。みな、日記のような、短い小説のようなもの。いずれも昔のように難解無敵（?!）なものではなく、表むきはきわめて平明。しかし、その平明さが逆に中身の奥深さに比例していて。

「作文Ⅱ（ペンペン）です。」はこんな作品だ。

子どもの頃、祖母に連れられて映画「楢山節考」（多分）を見に行き、見終わった後、「いい映画だったな。」という祖母の感想を聞いて、なぜか「その夜の闇に乗じて私は家族すべての呼び方を変えました。姉のユリコはユリステ。弟のヒロユキはヒロステ。妹のヒデミはヒデステ。母はオカステ。祖母はそのままオバステ。目の前にして呼ぶことはありませんでしたが父はオトステ。人は皆、人を捨てる。人は皆、人に捨てられる。急に四方にある山々を覆っていた霧が払われ木々がくっきりと見えなおその成長する様、枯れるまでが眼前に一気に広がるのを感じました。」

こんな感じでまだまだ続き、終わりころには切腹して亡くなった「ミシマ」も登場。他の二編も凄い、マイッタ。

半世紀ぶりの再会となった「帷子耀」は、カタビラ　アキと読む。

帷子耀のこと

片山一行

私が高校2年ぐらい、詩を書き始めた頃、
「現代詩手帖」に彗星のようにあらわれた詩人がいた。

帷子耀（かたびらあき）

何度その詩を読んでもわからない。
驚いたのは、初めて投稿欄に登場したのが中学生だったことだ。
おそらく私より1，2歳下だろう。

その詩を見ながら、私は絶望的にさえなった。

家霊ら泯ぶ血の栄ら
塩のみ饕餮した蜘蛛ら
擲き受罰ら大黒柱ら鼠ら
花序の無限の無の花の果て
…………

各行、一文字ずつ増えていき、途中から一行の文字数が同じになる。

とにかくさっぱりわからない。というより読めない。いま、漢和辞典を引っぱり出して調べてみると、「泯ぶ」は「滅ぶ」の意味らしい。「饕餮」は「てつとう」と読み、両方とも「むさぼる」という意味の漢字らしいし、「擲き」は「なぐさき」と読ませるらしい。

中学三年から高校一年の夏、彼はどんな思いでこの、誰も読めない字を原稿用紙に書き付けたのだろう。おそらく深い意図などなかったに違いない。
誰も読めない字を詩に紛れ込ませることの快感のようなものだけだったろう。

帷子耀は1968年の4月号の新人投稿欄に初めて登場した。

選者である詩人たちから「言葉遊び」だとか「言葉の意味を否定している」とか言われながら、翌69年は毎号のように投稿欄に掲載され、70年1月号で現代詩手帖新人賞を受賞する。

このとき高校一年生。

だがランボーがすぐに詩を捨てたように、彼も数年で書かなくなった。

帷子耀の絶筆ともいえる　草子　別「スタジアムのために」。

奇妙な冊子で、「草子」というのが雑誌の名前なんだけど、「別」というのは別冊のことなのか、それとも「別れ」を意味しているのか……。

いずれにしても、久しぶりに震えた。詩を読んで涙が出そうになったのは何年ぶりだろう。

帷子耀の詩は、言葉というものの意味性を否定して、記号のように物質のようにコラージュしていく、ある種の攻撃性に特徴があった。

だから読んでも呪文を聞かされているようでさっぱりわからなかった。だけど、ほとんど絶筆ともなったこの「スタジアムのために」の中の詩は、わかる。ちゃんと言葉に意味が持たされているし、おぼろげながら情景も浮かんでくる。

夢中の冬
夢中できみの両の手の鳩に火をつけると
鳩は
常緑の枝の折れ口へ
まっすぐに飛ぼうとしてまっすぐに
増水した
雪たまりの苦みに落ちる

出血することで
流された
樹液と
流れている
樹液の
へだたりをためそうとして
鳩の
炎
鳩に
火
火

少女がいる
少女がいない

まるで歌うように、ゆったりと言葉が流れてゆく。少女へのオマージュのように……。

そこには投稿時代にあった攻撃性も、詩壇へのアイロニーもない。
おそらく彼は、「到達」したんだと思う。
１９６８年４月号、中学３年の初めに現代詩手帖に登場して
１９７３年の４月――１９歳か２０歳のときまで５年間、
この早熟な詩人の心のうねりはどのようなものだったんだろう。そしてその後、
地方で社会的に成功している彼にとって、十代の詩はなんだったんだろう。
たぶん私のように、「あの頃は感性があった、今はない」などということは考えもしない
だろう。だって捨てているんだから、書くことに別れを告げたんだから。
「ここには別れがある。詩との別れがある。それは詩へ向かう別れである。……」
彼は、こういう文章を冊子の帯に書いている。なんか痛切だよね。
おまえ、そこまで考えるなよ、と言いたくなる。
私が「帷子耀まがい」の詩を書いていたのが７３年の初夏の頃。
あれは何かの発作のように、それまで書けなかった詩が、わーっと湧き出てきた。わずか

2カ月ぐらいだったけど。

今月（10月号）の「現代詩手帖」で、四方田犬彦、藤原安紀子、帷子耀の対談が掲載されている。

若い頃、思潮社で持論を展開し、現代詩手帖賞そのものを無くさせてしまった「棘」は、どこにもない。甲府を中心に手広くパチンコ業を営み、たしか業界の幹部でもある。
座談会の言葉も謙虚だ。

月並みなことばだが、「丸く」なったのだろう。

彼の詩は、バラバラに散逸していたのだが、
今回「全詩集」が出ることになった。

帷子耀　習作集成

これまでめったに表舞台に出ることもなく、いわば幻の詩人だった。
その彼（本名は「大久保」さんだったと思う）にどういう心境の変化があったのだろう。

早速注文した。

届くのが待ち遠しい。

四十一年前の投稿欄　——詩人　帷子耀

内堀弘

　古書の入札会が一段落した頃、「かたびらあきは買ったの？」と川口さんから声をかけられた。川口さんは同業（古本屋）の先輩で、歳は私より六つか七つ上だから、もう還暦を超えている。「かたびらあき」。その聞き慣れない言葉が私には本の名前なのか人の名前なのかもわからなかった。「かたびらって、なんですか」と訊ねると、横にいた、やはり団塊世代の野崎さんが「あなたの歳だともう知らないんだ」と少し驚くように話に入ってきた。もちろん、何か知識を競い合うような嫌らしい感じではない。

一九六九年、『現代詩手帖』の投稿欄に彗星のように現れ、数年で姿を消した天才少年詩人だという。「経帷子のカタビラ」といわれ（すぐにはわからなかったけれど）帷子耀だと教えられた。

　前の週の入札会に帷子耀の自筆の詩原稿が出品されていた。私もそこにいたのだが、全く記憶にない。古本屋という仕事は、自分のものを「これは何だろう」と思うことからはじまるものだが、知っている領分がいくらか拡がってくると、その外側にだんだん無頓着になる。と、そんな不安がとっさに浮かんだ。

私は詩歌書を専門に扱う古本屋をやっていて、しかも「忘れられた詩人」（マイナーポエット）は得意とするところだ。「帷子耀の自筆原稿で興奮するのはあなたぐらいだと思った」と二人に言われて、情けないのと、でも狐につままれたような気持になった。三十年も門前で小僧をしていれば「伝説の少年詩人」の名前を見聞きする機会はいくらでもあったように思ったからだ。

『現代詩手帖』の七〇年一月号を、私は自分の店の倉庫で見つけた。そこに第十回現代詩手帖賞の受賞者として帷子耀が載っている。「15才。甲府第一高校」とあった。

帷子が颯爽と登場した七〇年、川口さんは薔薇十字社（これも伝説的な出版社だが）の編集部にいた。野崎さんはライターの卵だった。毎号、投稿欄に載る少年の名前を二人は印象深く記憶していた。

この号には彼の作品が載っている。「ふる卵のへりで遊べない朝までは」というその詩は、八頁にわたって一つの句読点も改行もない異様なものだ。

受賞の審査は寺山修司、鈴木志郎康、渋沢孝輔の三人で、鈴木は彼の詩にことさらに否定的だ。渋沢は「推す気はしない」と消極的、寺山だけが終始彼を擁護している。結局、「鈴木志郎康は反対」という註を附すことで帷子の受賞が決まった。

私は六九年の投稿欄が見たくて駒場の文学館に出かけた。「今月の新人作品」として帷子はほぼ毎号選ばれていた。だが、選ばれているにもかかわらず、詩人による各号の選評（毎月違った詩人が担当している）は、ほとんどが帷子に対して否定的であったり、皮肉たっぷりか、無視なのだ。

帷子の作品は、毎回異なった形式がとられていた。どれも精微に組み立てられ、言葉は乾いている。「情念の詩」という七〇年代に流行った言葉からは遠い。二〇年代の北園克衛がそうであったように、帷子の作品も時代の内側では挑発的だったのだろうか。

読者は、本編にではなく、オマケのような投稿欄に挑発的な少年の登場を見た。既存の詩人たちの多くが「言葉のコレクターが自分のコレクションを見せてるだけだ」とか「ムキになって書かれたものを読みたいのだ」「長くは続かない」「言葉の一人遊び」などと毎回顔をしかめる。それでも、少年は遠慮する気配もない。

雑誌がそれを仕掛けたにしても、読者は、むしろオマケの側に、時代のシンボリックなものを感じとっていたにちがいない。「詩に興味はなかった」という野崎さんが、でも「毎号投稿欄だけを立ち読みしていた」というのが、私にもわかるような気がした。

あの頃は、一年がまるで十年のようだ。帷子耀は二十歳を前に姿を消してしまう。「忘れられた詩人」というのは適当ではないかもしれない。詩壇は、端から彼を記憶しようとしなかったようだし、詩壇の外側でこれをリアルタイムで目撃した読者は今も記憶の底に留めている。

『日本のマノーラ文学』（四方田犬彦・二〇〇七年）には、おそらく唯一の「帷子耀」に関する論考が収録されている。その中で著者は現在の帷子耀の消息をたどり会いに行く。少年詩人は五十代となり、地方都市で経営者になっていた。だが、話す言葉はやはり乾いていて、自分の書いたものは何一つ手許に残していないというのが、この人の有りようを象徴しているようだった。

ところで、古書の入札会に出た帷子耀の自筆原稿のことだ。ウエットな上に諦めの悪い私は、原稿の行き先を追っていた。すると、これがネットオークションに出てきた。自筆原稿が一篇で二千円のスタートだったが、私は五万円までの入札をした。相場というのではない。意地だ。終了間近まで入札者は私一人でずっと二千円のままだった。そんなものかと思っていたら、終了直前にもう一人の入札者が現れ、一万円、二万円、二万五千円とどんどん数字が上がっていく。五万を超えたら、逆にそれを追いかけようかと戸惑っているうちに四万八千円でぴたりと止まった。数分経って「終了」の表示が出て私に落札となった。その画面を、私は狐につままれたような気持ちでながめていた。

『帷子耀習作抄』を読んで

コーン・タイラー

文学と全くかけ離れた世界でささやかにそのしのぎを賄っている紅毛碧眼の青年（自分）の介入すべき範疇分野のことでないのに、この美しい装丁の文庫本詩集に妙に心捉われて、感想文を書き出している。

まず通り一遍ながら、表紙の見得の切り方がなんとも格好良かった。なに　なに!?「帷子耀（カタビラ・アキ）を呼ぶならば《詩の不良》と呼ぶがいい」だって！

まず、この不遜な斜に構えたコピー（あるいはガンツケ、メンキリに）スカッとした。水の不良、光の不良という宇宙的不良を含めて、僕という混血の不良はあらゆる不良、悉くOKである。共感度マキシムである。

オッ!? という共感（あるいは予感だったかもしれない）を携えて頁を繰った。十四才の帷子耀の詩は華麗だった。飛燕の如く（ライク　スワロー）の身のこなしだった。牛若丸が京の五条の橋の上ならぬ、この習作抄の詩行を躍り出て軽やかな武術を見せた。自在な「ロック」だった。透徹したロックだった。激しいリズム、ダンス付きの「ロックンロール」だった。方丈記（ゆく河の流れは絶えずして、しかももとの水にあらず。よどみにうかぶうたかたは、かつ消えかつ結びて、久しくとどまりたるためしなし）の流れの中をごうごう大小様々なロック（岩）が音立てて鳴り出していた。

リズムだ、リズムだ、リズムが全てだ！と十四才から十九才の少年の詩は魔法のように切り札を次から次から取り出して、時にガナり時に死んだように静かになって、内省もしてジャズに変わりリズム＆ブルースに変わりさえして、詩の業《わざ》を強調した。

ロックだ、ロックだ、ロックが全てだ！叫びつづける全十九篇の詩を席巻するその強靭なリズムに僕は正直なところとりこまれそして降参した。易々軍門に降った。リズムは楽曲の表面をなぞる旋律という意味だけではない。僕が彼の詩から感ずるリズムはのっぺりとした単なる旋律でなく、形象、色彩、温度、感触、響きetc、直截なそれらを包含した総括と思って戴いていい。そのリズムは一見騒々しくていながらどこかで少年が鉛筆を削り、鉛筆を一途に舐め舐め、自分の脳の中から幾多のイメージを引き出している静謐さ、そして何より透明さがある。僕の宙をアヴァンギャルド・バードが滑空する。天駆ける。彼の詩の意味性、目的性の全き否定された詩群を、まさに丁度半分読み了えたところで、あっ！と僕は打ち消し難いあることに気付いたのだ。全く、あの時と全く、全く同じ熱源に僕も同じ年、燃えつく熱さで捉われていたのだ。同じだ!!冒頭にも書いたが、僕は日米のいいい混血児としてアメリカで生まれアメリカで育っている。サンディエゴという西海岸の街で庭に大きなプールもあったし、屋根までパッションフルーツのつるはみっしり伸び五月には実が真紅に色づき、どの家も赤い屋根の家と化していた。夜には、バレーからスカンクや夜行性の動物がやって来て、徘徊跋扈していた。平均的中産階級の生活を謳歌していて何ひとつ僕的には不自由なかったが、十二才の時だったが、母親（日本人）がアジア人への偏見が教育現場で抜き差しならなく強まってきていると、何を根拠にか言い始めて、母親の言いなりに生きているかに僕には見える父親を説き伏して、「孟母三遷の教え」を大義名分にはりつけて猛スピードで全てを整え、日本に移住することになった。横浜でアメリカンスクールに入れられると思いきや、孟母は一瞬にして猛母と化し、市立の中学校へ僕を放おり込んでしまった。

獅子は我が子を千尋の谷に突き落とす（そしてその底深い谷から、そこから這い上がってこれた子供だけを育てる）――という勝手極まりない手前勝手な理論を振りかざして（時には世阿弥の「風姿花伝」まで持ち出して先人の知恵に学びながら此処を越えると未来が展けると幼い僕等姉弟に言い聞かせた）母親は孟母に徹した。

母親は〝慣れるという恩寵が用意されている〟とか〝子供の順応性の柔軟さ〟とか体裁のいい言葉で言い繕って、この先の何年かの殆ど絶望に近い無鉄砲な時間をやり過ごしたが、僕等姉弟には言葉を失ったあの時代こそが〝不条理〟そのもので、不条理という抗い難い、靄、霧の中で床を踏み鳴らし、拳で壁を叩き、机を叩きして、その状況を突破することを日夜考えつづけていた。周囲に追いつくだけでなく、追い抜き彼等の先頭に立つことを夢見た。僕はまもなく日本語の辞書、特に漢字を筆順まで正確に踏破することを思いついた。旧字にまで踏み込んで僕はあらゆる漢字に（とりわけ難字に！）夢中で挑戦した。昼夜を頒かたなかった。没頭した。間違いなくあの時の忘れもしないあの熱だ。

『帷子耀習作抄』が僕に与えたのはそれだった。十四才の精神の飢《かつ》え、喉《のんど》の乾きの中で、ここからしか切り拓いていくよりないという不退転の意志から発した「十四才の詩」ではなかったかと気付くと身体が震えだすようだった。（事実、震えがやまなかった）

その先、帷子耀詩群は音たてて僕に入り込んだ。詩の不良だって！上等じゃん！などと合いの手までいれて、時に彼の詩とじゃれあい乍ら凄いスピードで読み了えて、又、最初の頁に戻るという取り込まれようだ。かつてない詩への熱中の時間を過ごしている。僕には、十四才の折、まだ肉体の悪魔（ラディゲ）はやって来ていなかったから、相容れない詩行も多々あった。宗教的に相容れない主張にもぶつかった。でも、その全てを凌駕して、まさにまさに彼を日本のランボーと呼んで何の遜色ない素晴らしい詩集だった。兎も角「熱」に満ちていた。それもゲーム感覚の熱、熱、熱！同じゲーム感覚で僕も辞書「言海」の一頁一頁を覚えてはひきちぎって、ヤギのように咀嚼した。熱かった。同じだ！あまりの共感に、僕の白色人種の皮膚がみるみる紅潮する。僕の血が沸騰する。（それはほんとうのほんとうだ）僕は「瞳冒瀆」がたまらなく好きだ。（十四才の僕の覚えた、どれも懐かしい漢字だからだ）人間にその優越の記号、「詩」のあることがたまらなく嬉しい。漢字の意味が感覚的に繙《ひもと》かれていくのが愉しい。

この美しい球体の透明世界に身を預けてどこまでも廻りつづけていたいと思う。このエネルギーに満ち満ちた〈詩の場所〉に体ごと投げだしたい気分に熱く熱く駆られている。十四才からあんなにも熱心に漢字の練習に打ち込んだのは、この既成のヒエラルヒーへの粘質、執拗な反抗（あくまでポーカーフェイスで…）の詩行に逢う準備だったとさえ思えるほどだ。切実な現実逃避の希求の中から生まれた（と僕が思う…）詩の言葉（メッセージ）のこのかきたてる力（エロスと呼んでいい…）の強靭。イメージ力の飛翔度！何度くりかえしてもいい帷子詩はアヴァンギャルド・バードなのだ。天馬、軽々とその日常を奪い去って低温旋律で虚空駆ける。

思いもつかない方向へいきなり飛翔して、思いがけない地点からまたくるりと帰ってくる、独特の美学を携えた言葉たち（平叙、比喩のさかいめさえない…）。それらは僕に突き刺さり浸透する。突き刺さり浸透する硬質な美語の繁生。日本のランボーの（僕は真摯にそう呼ぶ。畏敬、畏怖こめて…）華麗な意識的獺祭（言葉が少し違うかもしれない）に僕はめくるめく。

『帷子耀習作抄』に出逢って、直入して、つくづくと僕は幸福な詩への入り方をしたと思う。遠回りをしなかった。この等身大の詩人（そして他の誰よりも遠くへ、遠いところへ視線を送っている…）から僕に届いてくる声はまっすぐだ。

どのように冷厳冷徹を装おうとも、彼の詩からは少年特有の柔らかな生毛《うぶ》の生えた肌理細かな肌の匂いすらする。

どこまでもどこまでも初々しい。その初々しい詩のきれはしを、僕は今幸せに満ちて咀嚼している。時折、君、「抑」そもそもという漢字が書けるかい？読めるかい？とか、〈朝風、前置詞、宿痾、暗涙〉岩片仁次の俳句を知っているかい？とか、十四才の君に十四才の僕がじゃれている。

十四才の帷子耀と十四才の混血児《ハーフ》の僕とのスイートなスイートな清々しい関係の発症。はじまり。

創造的味読に向けて

――帷子耀「水蝕」註解

阿部嘉昭

【前半】

1 襟
2 白き
3 明けは
4 みささぎ
5 けさがけに
6 揚雲雀の天體
7 群行し　渦瀧に
8 微熱ある明け暗し
9 霧笛切れながの叶う
10 少しづつ臨終を距たり
11 来し霧笛即ち黄道せしは
12 誰彼を約す反照にくだれり

いちにんをきざす羽毛たらん
餘白あり眞日向めのまえの白に
ここだくの白まざとか物々交換！
泛ぶあらばいちめんの鯨波よ　其は
緻密に漏刻せる急調の晩課なり逆立て
かへりなむ・僕《しもべ》らありとせば二頭立てを
ずれ醒むる半馬らいななくなかに半ば残す
耳朶わが巨きが半馬の半身で盗聴につつしむ

※『帷子耀習作集成』二三二―二三三頁。なお引用にあたり、論議の便宜上、行頭に算用数字を付した。

【註解1】

六八年以降七〇年代前半まで、「現代詩手帖」の新人投稿欄を契機に、天才少年詩人の栄耀をほしいままにした十三歳から十九歳までの帷子耀は、まだパソコンのない時代だったから、二十字詰二十行の原稿用紙に几帳面な文字を書き連ね、完成形にいたるまで推敲をかさね、詩作にふけったにちがいない。掲出詩篇では一行目が一字。漸次、行ごとに字数が一字ずつ増え、原稿用紙一枚目最終の二十行目では二十字に飽和する。二枚目では逆に、二十字で開始された一行目が行を追うごとに一字ずつ減り、二十行目の最終行では一字のみに定着する。これら原稿用紙二枚が連続して誌面に刷り出されれば、文字の重力に自ら苛まれた、全体が三角形に「垂れる」、レイアウト感覚に鎧われた堅牢な幾何学形詩篇が完成する。じっさい原稿用紙に書いてみればこの企てはごく自然な発露で、さほど挑発的ともおもわれないし、おそらくこのような詩行レイアウトはモダニズム詩に既存、現に現代短歌の塚本邦雄なども幾何学レイアウトの短歌連作を超絶技巧で完成させていたのだった。

むろん帷子にとって自己法則的な造型意識はある。漢文読み下しを印象させる古典的文体を駆使し、漢語(本詩篇の場合は宇宙物理学的・地球物理学的な語彙が駆使される)を縁語的・聯想的・換喩的に反照させ、意味破壊を内包しながら語の高度な思弁性の衝突によって新たな意味形成の速度感を高め、しかも一行目と最終行の一字を同字とすることによって、全体を静謐な円環で閉じる、という企図が、帷子流の幾何学形詩篇のすべてに一貫していた。少年期の帷子は、おそらくは辞書も援用した語彙展覧が、たんなる技巧誇示の悪達者の手わざに堕ちないよう詩篇ごとに主題系も練磨していて、ただ絢爛さに圧倒されがちな読者へ、ひそかに「読解による救済」まであたえている。半ば恣意でとりだしたこの詩篇の場合も、「起源」に思いを向けたランボーを襲った黙示録的な「大洪水」のヴィジョンを、日本化に向け馴致しようとするやさしさがあったにちがいない。だから「才能」激発の虜になり、意味をとらず速読し、ことばの残骸そのものを美しいと取りちがえてみせる怠惰な読みを、帷子じしん促していないと考えるべきではないのか。——以上をとりあえず、詳論にいたるまでの寸言とする。

＊

【1】「襟」の一字で形成される。衣偏に旁「禁」のこの字では、向かおうとする性欲に禁則を施し、なおかつその禁則が欲望の亢進へと逆転する。というのも【2】「白き」と合体し、「白襟」が視覚イメージに形成されれば、それは、色ブラウスに白襟の、少女的制服の可憐さへと結実するためだ。むろん襟は「首から上」「首から下」の汀線でもある。冒頭に「襟」と置いた天啓は、「首から上」「首から下」の別様を【19】で準備するだろう。【19】中の「半馬」は半人半馬＝ケンタウロス（首から上が人間、首から下が馬）ではないか。ギリシャ神話特有のこうしたキメラが「半馬」の語によって「半分」化されている事態に、日本的な「馴致」が隠されている。あるいは語の反復時には仏教的な「馬頭観音」性を想定すべきかもしれないが。

【3】【4】《明けは／みささぎ》。「明け」は暁《あけ》、「みささぎ」は陵。詩篇にはのちの「渦瀧」

（【7】）、「鯨波」（【16】）と、水の縁語でありつつ日本地図上の地名らしき語が漏出するから、この「みささぎ＝陵」を大阪・百舌鳥の古墳群と捉え、詩篇最初の空間提示と想像してもいいのかもしれない。昧爽の前方後円墳が、視野にぼんやりとひらけてくる。ところで【2】【3】《白き／明け》と続けて読めば、暁色の朱とちがう色覚があたえられていると気づく。しののめの空、朱から紺青の変化層がやがてすべて白光化する終息。それを捉える視覚の繊細。同時に「あけぼの」に「白」は、日本ではすでに詩的な想像化も遂げている。芭蕉《明ぼのや白魚しろき事一寸》。したがって【1】—【4】では天皇陵の涯に暁の日輪が昇る三島由紀夫『奔馬』的光景に、「白襟」「白魚のような指」といった「たおやか」なものが二重化されている幻惑がすでに生じている。ここから「少女性の氾濫が水性化する」主題が導かれる。さらにいえば【4】「みささぎ」には「さぎ＝鷺」が入っており（「かささぎ」とも一字違いだ）、これが【6】「揚雲雀」へと転生する。

【5】—【8】《けさがけに／揚雲雀の天體／群行し　渦瀧に／微熱ある明け暗し》。「けさがけ」の語調は【4】「みささぎ」にどことなく似るが、語彙頻度も同程度で、それらの点が聯想の引き金になったのではないか。「けさがけ」は「袈裟懸け」、「襟」という首の汀線からはじまった詩篇は、肩から脇への斬り下げへと下方化、「袈裟懸け」の語の暗部には物騒な語彙「斬る」も伏在している。いずれにせよ「斜め線」をえがいて雲雀が揚がり、

季節「春」が定着されるのだが、さらに俳句からの動因があるかもしれない。「鳥」と「斬」の連関では、西東三鬼の《百舌に顔切られて今日が始るか》がある（地名「百舌鳥」との符合）。季語「揚雲雀」が昂揚のみでない点なら永田耕衣《腸の先づ古び行く揚雲雀》の深層把握もある。これらを踏まえ、【5】―【8】を「散文訳」しておこう。音韻性によって語順が錯綜しているのを置き換えるのがコツだ。「揚雲雀が斜めに上昇してその鳥群で天体がみちるようすが渦瀧にみえる明け方は微熱をもっているが、この温度感知によって明るくなるはずの夜明けが依然暗いままだ」。「明け暗し」を「明け、暗し」の主格助詞省略ととった。とったが「明暗」の成語が顔を覗かせるのが面妖だ。ちなみに先述もしたが、瀧が渦巻くとみえる恐ろしい様相の「渦瀧」は、熊本・小国町の「鍋ケ滝」から造語された「鍋瀧」の誤記・誤植の可能性がある。この滝は落差こそ小さいが、幅広の水の流れが優美な点で愛好者に知られている。

【9】―【13】《霧笛切れながの叶う／少しづつ臨終を距たり／来し霧笛即ち黄道せしは／誰彼を約す反照にくだれり／いちにんをきざす羽毛たらん》。瞳にふさわしい「切れなが」の措辞が、灯台や船が霧中で位置確認のため鳴らす警笛＝霧笛にもちいられ（形容詞の作為的な誤配置）、【4】「みささぎ」で印象づけられた空間が混乱を来たす。「霧笛」の告げるのは「臨終《いまわ》」の切迫のはずだったが、それが少しずつ距たってゆくのは、霧笛が日の上

昇にしたがい、「黄道《こうどう》」してゆくからではないか。天体物理学用語の初見参。「黄道」とは辞書によれば、「天球上における太陽の見かけ上の通り円」で、この円周がさまざまな星座を通過してみえることから「黄道帯」は「獣帯」ともよばれる。いずれにせよ造語の動詞「黄道する」は巨大な円周軌道の開始をおもわせる。その「黄道」軌道の遍満・遍照が「誰・彼」の弁別を「約す」（共約して無化する）べくふりそそぎ（「くだ」り）、ひと一人は羽毛のような軽さを兆しはじめると、圧縮・置換された連辞が直観しているようだ。ただし【6】「揚雲雀」からの間歇的な縁語【13】「羽毛」のやさしい溶解があっても、「約す」が「扼す」につうじる不穏も装填されている。一人を「いちにん」と訓ませるのは短歌で多い約束。のちの水原紫苑には以下のうつくしい達成がある。《いちにんを花と為すこと叶はざる地上をりをり水鏡なす》。

【14】【15】《餘白あり眞日向めのまえの白に／ここだくの白まざとか物々交換！》。【14】では「餘白あり、眞日向、めのまえの白に」とあるべき修辞が圧縮され、ふたつの読点省略が導かれた。生の余白であり、空間としては日向であり、眼前にかんじられる「白」が、【15】「ここだくの白」と「まざとか」（おそらくこれも「まざまざというべきなのか」の造語的圧縮ではないか）物々交換される、と詩句は感嘆をもらす。「ここだく」は「幾許く」。「ここだくも」なら「こんなにも」だが、それが名詞化されることで、「ここだくの」は「い

まこの・私性固有の」といった意味に変転するだろう。朝日の遍照により三千世界が白化し、わたしのもつ白さがそのなかで溶解する。ところが次行以下で判明するように、日光の遍照は、それがさらに物理化すると、水性の氾濫となるのだった。

【16】【17】《泛ぶあらばいちめんの鯨波よ　其は／緻密に漏刻せる急調の晩課なり逆立て》。「鯨波」は「鯨飲」の聯想から「ゲイハ」と訓みそうになるが、「くじらなみ」だろう。「大波」の意だが、新潟・柏崎に鯨波村の地名がかつてあった。「其」は詩篇全体の音調から「ソレ」ではなく「ソ」と訓むべきか。「漏刻」は水時計。さまざまな箱状のものを連鎖させ、相互に落差ある水管を通し、点滴で水槽を満たすことで時間経過が刻印される、ゼンマイ時計以前の緻密な古代発明で、これもとうぜん水の縁語を形成する。「晩課」は正教会の晩の奉神礼。だから【16】【17】を補って平叙語に「翻訳」すると以下のようになるだろう。「身を捨ててこそ浮かぶ瀬もあるように、時代の水性が氾濫して鯨波と逆巻き、ときに身が浮かんでも、水性は水時計の時間のきざみのような一定性と秩序をもつ。とはいえ時代要因から時刻が急調を帯びているのも事実で、当為すべてが敬虔さを問われる切迫した晩課といえる。だから存在よ、ためらわず逆立て！」。それまでの詩行中、【7】「渦瀧」、【9】「霧笛」に潜勢していた水性が、「鯨波」の一語で一挙に詩の前面へと決壊したのだ。この急転により、詩篇のしめすヴィジョンが行動規範にさえ組み替わる。「黄道する」は「行動する」

でもあったのだろう。ここから詩篇白眉の言語破壊部分に突入してゆく。【18】―【20】《かへりなむ・僕《しもべ》ありとせば二頭立てを／ずれ醒むる半馬らいななくなかに半ば残す／耳朶わが巨きが半馬の半身で盗聴につつしむ》。冒頭「かへりなむ」で陶淵明「帰去来辞」を掠めたのち、「僕《しもべ》」＝闘いの兵卒は二頭立て馬車を駆る衝動に導かれる。ところが現実は「ずれ」「醒めている」。立てた馬は、ケンタウロスではないのか。その嘶きも、馬語と人語のあいだを半ばのこす。それを聴きとれるのはそもそも私の聴力が繊細だからだ。ごらん、わたしの「耳朶」は福耳というか鍾乳石というかおおきく垂れ下がり、わたしのすべての聴こえは、この世の秘密の「盗聴」なのだ。「盗聴につつしむ」とは「盗聴にいそしむ」を「つつしんでおこなう」ことではないのか。さてわたしは何にたいし繊細なのか。おそらくは万象の「半分性」にたいしてだろう。融即的世界でAと非Aがひとつの存在に同時的であるならば、空間的にはいつも亀裂が入り、その亀裂が精確な半分の分離線の可能性を告げるのではないか。世界は敗北すればAと非Aとに分離する。それは秩序化ではない。ところがその半分のきわこそが万物間に反射してゆくのだ。だから自分の駆るものの半馬の状態を知れば、馭者たる自らも半馬＝馬頭観音となってしまう。これもまた水のような、境目のない本性的な連鎖だろう。以上、恣意的な読みかもしれないが、音韻性に富んだ、帷子の圧縮的な詩句詩行は、読みの「瞬間」の「余白」で、それがほどかれ、無意識を余韻化させることをもとめている。帷子はむろん詩を書くことの本質的な恥しさも知悉しているから、本意を公言することがない。それでこそもどかしさと凶暴が表裏一体化する。ランボーと比定される要因だろう。ところで「半分性」はもっと討議されてよかった。詩句でこれをいったのは、この部分の帷子や、「正午」を愛着語彙とした石原吉郎だけかもしれない。そういえば帷子が崇敬しただろう加藤郁乎にも次の一句があった。《半月のラヴェルの左手のひとり》。

【後半】

21 溺れ谷　されどわれ汝らに告げん・子午線と
22 積分の鋼の汀線ら離陸し無燈の参星になれ
23 異形は史前の史たりえぬ清冽　鹹湖なく
24 空挺なく燃えたたせるパスペクトなし
25 黒死病！視よ光壓により楔形の孤立
26 みことば未完みことばは若干名の
27 距たり隔離を要件しくちびるに
28 静物にくだり物故ものゆえに

29 卵との交接　消印に消ゆる
30 みことば未完に等身の鹽
31 嬰記號招請の三角點を
32 特殊鋼の〈初産〉へ
33 領略し配電を祝す
34 単色を精錬する
35 切りとおしは
36 主に全貌し
37 末尾する
38 重装の
39 海市
40 襟

【註解2】

【21】【22】《溺れ谷　されどわれ汝らに告げん・子午線と／積分の鋼の汀線ら離陸し無燈の参星になれ》。なんとも美しい運びだ。「溺れ谷」は辞書解説によれば、「地上の浸食で

できた谷の低い部分が、地盤沈下や海面下で沈んでできた湾」。水性の氾濫は、直前にあった「半分性」の指摘によって、被媒介的に「溺れ谷」＝湾形と、地球上に想定される経線、もっというと「ある地点の天頂と天の北極と南極とを通過する天球上の大円」＝「子午線」とに分離する。景観的には海と空がみえるはずなのだが、天と地との渾沌未分が終了したこの様相に、実際は終末観が裏打ちされている。それでランボーと同様「大洪水のあとに」の史観が生じた。地から水は引き、湾がのこり、しかもそれは傷ふかく海底侵食されている。空間に意味の領分ができる相互関係が、「積分」的に増大してゆく。海と地を分かつ汀。「汀線」じたいは花田清輝のいうようにたえず不定だが、その不定性こそが「鋼」のように強靭なのだ。それで願掛けも生まれる。あらゆる不定性はふたたび空へ「離陸」飛翔して、あかるさをうしなったオリオン座中央の「参星」（みっつの連星）になれよと。帷子の認識と、語関係の捌きは、すでに点滅的な高速に達しているが、星に「無燈」の形容が配されるのが不吉だ。おもえば本詩篇のタイトルは「水蝕」。日蝕・月蝕のたぐいのあとにあるだろう、もっと微細な星蝕がここにある。方角の重複に、眺望の細部は喘いでいるのではないか。なにものかの現前により、奥行きは不可視性に蝕まれる。歴史は敗者でくらく蔓延している。その最前の遮蔽物こそがおそらく水性なのではないか。

【23】【24】《異形は史前の史たりえぬ清冽　鹹湖なく／空挺なく燃えたたせるパスペクト

なし》。歴史成立以前の起源的な渾沌はそれ自体が「異形」とよばれるだろうが、それは不気味ではなくむしろ「清冽」なのだ。あらゆるものがないのだから。まず「鹹湖」がない（いまあるのは抒情的な汽水湖ばかり）。地上部隊が航空機をもちい、空からある地点へ決死的な乗り込みをする「空挺」もない。戦争がなくてそうなのではなく、聖性が存在せず降誕そのものが機能しないのだ。「鹹湖」「空挺」は暗喩ではない。ふたつの隔絶的な配剤、すなわち換喩なのだが、とりあえずそれで任意のふたつの奥行き感＝「パスペクト」がつくられる。ところがそれに伴う熱情もまたうしなわれる——ベンヤミンの邦訳がはじまった六〇年代後半の気風を受け、七二年の帷子耀の詩句もまた歴史哲学を負いながら、空間認識の微細を物語っている。

【25】—【29】《黒死病！視よ光壓により楔形の孤立／みことば未完みことばは若干名の／距たり隔離を要件しくちびるに／静物にくだり物故ものゆえに／卵との交接　消印に消ゆる》。時代は変遷する。逼迫が増してきて行跨りが多くなる。一行字数を先取りされる規則性に、語の斡旋そのものが苦闘する。ところがそれが速度感にもなる。助詞「に」の重畳。ともあれ「パスペクトなし」の状態は、近世ヨーロッパ的には絶対的な死の蔓延＝黒死病《ペスト》と捉えうるかもしれない。カミュ『ペスト』のように団結を導く医師、ベルナール・リウーはいるのか。絶望の視線をそそげば、電磁放射を受け、物体の表面が微妙に損壊されてい

る。あの圧力こそが「光壓」だ。損壊表面が古代メソポタミアの素朴な「楔形」文字を形成しだすが、物を一字に当てて論脈の連続性のないそれらでは、字形は孤立する。発音もできないのだ（これらは帷子詩の連辞に近似する様相だという点に注意）。この発音不能性は、絶対的な「みことば」にもある。それゆえそれはいつも「未完」だし、その未完性も相互分離ゆえだし、分離はまた「若干名」というときの集団性を苛んでもいる。溶融ではなく相互の「隔離」が万物の要件で、それは発語する「くちびる」にも、はたまた絵筆が捉えようとする室内の「静物」にもあるものだ。静物＝死んだ自然《ナチュール・モルト》。ここで口をひらいた「死」から【4】「みささぎ」への瞬時遡行が起こり、「物故」の語が召喚、それがさらに「ものゆえ」と反則的に訓じられ、偽りの連接＝論脈が生じる（そういえば【23】「史前の史」は「自然の死」と同音で、これが「静物」をよびこむ遠因ともなったはずだ）。「ゆえに」なにが起こったのか。女とではなく、もっと至純な概念「卵」（卵子）との「交接」が「生」の再獲得のため観念されたのだが、むろんそれは肉体と魂をつかっておこなうことではない。だから「消印」を捺されて手紙じたいが消失するような郵便の不能まで帰結させてしまう。水の消失を暗示したあとの、ここまでの帷子の運びには、どこか悲観がかくされている。

【30】—【34】《みことば未完に等身の鹽／嬰記號招請の三角點を／特殊鋼の〈初産〉へ／

領略し配電を祝す／単色を精錬する》。【26】と【30】の反復、交響。神的な「みことば」は前言したようにその本質が「未完」性で、それはなぜか主体にとって「等身」大だが、振り返り＝反省が介在したとするなら、ロトの妻のように、その佇立はまた「鹽《しお》」の柱としてあるのではないか。ことばにたいする怖いヴィジョン。ことばは声と文字に分離されるものだが、原型的なメソポタミアの楔形文字の素朴な図形性は、西洋の五線譜中の「嬰記號」＝「♯」にも残存している。そういうものを「招請」して三角測量もうまれたのだが、「三角點」そのものは経度・緯度・標高の基準点なのだから厳密さが要求される。そうして汀線の鋼めいた強靭さは抽象から具体化し、たとえわたしが男であっても、子ではなく「特殊鋼」を「初産」しなければならなくなる（ここにランボー的な「ことばの錬金術」への通底がある）。わたしとは、わたしという工場のことなのだ。工場地の獲得はだれかの領地を侵略し略取し（約めれば「領略」し）、そこを即座に電化（「配電」）し、そこでカラフルではなく不愛想な「単色」を「精錬」させなければならない。「領略する」「祝する」「精錬する」の動詞連鎖は、その連鎖性が脱連鎖的であればあるほど詩性を増すだろう。その動詞がやがて異貌化し、脱文法化し、結果、驚異のうちに終局化するのが最後の運びだった（いや、すでに奇体な動詞体は、【11】「黄道する」、【27】「要件する」にも存在していた。不適格な名詞を「する」で動詞化する用例はすでに加藤郁乎の詩業などに頻出する）。

【35】―【40】《切りとおしは／主に全貌し／末尾する／重装の／海市／襟》。一行ごとに一字ずつ減少がかたどられる過程はリタルダンドをともなう。すべて詩篇は終息＝収束を俟つ。緊張と静謐の時間だ。【35】「切りとおし」は鎌倉などにある具体的な山間林間の通路だろうか、それともなにかの抽象か。【34】「単色を精錬」後、無色にちかづいた無名匿名の者は、いずれにせよ運動としては通過をかたどるのだが、それは西脇的な寂寥をしているだろうか。いや、ひとりの通過には、それが個別であっても「主」＝イエスの全貌がしるされている。ひとりとはふたりであり多数であり他人なのだ。おもえば普遍と個別、この融即こそが人体の最大値だったのではないか。しかも「主に」の措辞は「シュに」と「オモに」、その両方の訓みをゆるすから境界じたいがあいまいで、「主」＝イエスがみえたのかどうかも判然としない。ただし独自の散策観は刻印される。ひとりであるくときはたえずなにかの先頭を切っていると擬されるものだが、彼は死者たちの「末尾」をあるいているにすぎない。「全貌する」「末尾する」、これら発明動詞の出所(主体)が微妙に異なっているこのズレが玄妙だ。【34】「単色」を「精錬」された者は、不感無覚を過剰にまとうという意味で「重装（備）」状態とみなされるかもしれない。しかし視点を転換するなら、まぼろしそのものがこの世を「重ね着」しているのだ。まぼろし、蜃気楼＝海市《かいし》。蜃気楼の「蜃」とは霊獣で、巨大な蛤か龍かで見解が割れるが、その息が蜃気楼となる。その光

景を即物的に「海市」（海上都市）とよびかえたとき、ことばが熱をもつ季節が終焉するのだ。それは神秘的な因果を絶たれた「形容」にすぎないのだから（もちろん「海市」は「開始」と同音でもある）。洪水の予感、洪水終焉の予感で「増大↓減少」の紡錘形をつくりあげた「屈曲」連辞の運動は、かすかに「水蝕」があったと感知させたのち、ふたたび最後、「禁忌」の域に入る。その前に「海」市が刻印されたのだ。海辺の空間が意識にのぼる。わたしはあるきながら、「襟」許の釦をいちばん上までとめあげる。わたしは着衣によってひとつの禁則となる。同時に「襟」ではじまり「襟」で終わる詩篇全体の運動は、同一回帰しかしるさなかったのだから、その中途がいくら思弁で華々しく揺曳したとはいえ、「無」と結論されてよいだろう。帷子詩を読む者が動悸をおぼえざるをえないのは、虚無に内在するざわめきを、詩篇がたえずみせるためだ。むろんそれは記憶できない。

それにしても当時の帷子の詩作はなににむけて情熱が傾けられたのだろうか。まぎれもなく人並外れた言語感覚をもち、時代の気風に触れてマニエリスム的な展開を誇ったその詩業は、詩業放棄後、「壮大な無駄」へとその色彩をかえたのだろうか。そう考えておもう。彼の異様な語彙力の原資はけっして頻繁な辞書覗きによるのではなく、やはり読書をふくめ実人生から得たものの神秘的な体内攪拌によったのだろうと。その天才神話に加担するのもたやすい。前人未踏の連辞がのこされているのだから。ところが本当は、帷子耀の才能は挑発的ではなくむしろ堅実なものだったのではないか。精読してみるとわかる、畸形的な語どうしのスパークそれじたいが問題なのではなく、そのスパークから、十代とはおもえないこの世への思考の萌芽が着実に看取できる点こそが、彼の真の才能の質だったのだと。だから彼の詩はたんにことばをモチベーションとするものではない。もっと思考の、無為な身熱によるものだ。大切なのは、換喩的聯想により、思考の幻影が明滅気味に揺曳している帷子詩のありさまで、本稿のような創造的味読は、まさにこの律動へこそ吸引されていったのだ。そこから詩一般への信奉まで生じたことが快感だった。

KALEIDOSCOPIKATABIRAKI（カタビラ詩に言よせて）

髙橋　純

Kカタビラ・アキの最初の詩が出現した1968年に詩人は十三歳だった。その後多くの作品が立て続けに発表された。そして1975年頃にはこの詩人は突如詩作を放棄して姿をくらましてしまったことから、あの天才詩人ランボーにもたとえられる伝説となった。やがて半世紀近くの時を経て、今の私だから言うことができる。『帷子耀習作集成』（2018年、思潮社）はモノリスだ。そして『帷子耀習作抄』（2024年、阿吽文庫）はモノリス普及版に他ならない。私にとってはここから2001:Space Odysseyが始まる。このモノリスはスタンリー・キューブリック（「2001年宇宙の旅」）由来のあれだ。すると当然ながら読者たる私はそのモノリスを前にして呆然と佇むヒトザルだ。そのことは最初のカタビラ詩出現の時と少しも変わっていない。そのヒトザルにとって先史時代の都市地図は相変わらず豊かすぎて読むことができない。それでもその地図の中に一歩踏み込んでみる。するとそこは言葉がどこからともなく流れ来たり、どこへともなく流れ去り、そしてその流れが絶えることのない迷路をなしている。そこでは、止まることのない言葉の流れに身をゆだねるのも、意志して抗うのも自由だ。この自由の感覚をカタビラ・アキはヒトザルにもたらしてくれる。ただしかしこの自由の感覚は、言葉の無間宇宙というもう一つの迷路の中を浮遊することの孤独を代償として得られるものだ。あのモノリスの本当の設計者は誰なのか。

Aあの時に私が読んだカタビラ・アキと、半世紀を隔てて今の私が読んでいるカタビラ・アキは同一なのか?永遠の中断だ。だからその作品は永遠に完成を見ない習作であるだろう。もはや連続も断絶もなければ逆行もない。Space Odysseyは1968年に始まったはずだ。そして今2024年。あの時2001年に向かって開かれていた未来はすでに私たちの過去であるのだろうか。いや、過去だとしてもそれは決して閉じられることのない過去であるだろう。いやいや、私たちはもはや時間を失った宙吊り状態の中で際限のないループを描き続けているのだ。無間宇宙の迷路とはそのようにできている。そして私たちは時に(気まぐれに?)直角に舵を切る。この気まぐれの仕種が時には独自性と呼ばれたりもする。無限の広がりの中にあっては方角には意味はないのだが、その特異点の直角に折れた

L字からカタビラ・アキのレジェンドが生まれる。レジェンドは告げる、

E go eris やがてあなたは私になるだろう。なぜかと言うに、Tu fui かつて私はあなただったのだから。少年は

I異世界から受信した信号に従って日本語を組み立ててみたらいくつかの詩篇もどきが出

来した。彼はとても優秀な書記なのだ。その名をカタビラ・アキという。ところで生身の帷子耀はどこのいるのだろうか。そもそも生身の帷子耀がそれらの詩篇の作者として存在するのか。作者とは誰なのか。その作者らしき存在もまたあのヒトザルではなかったのか。思い返してみるがいい。モノリスはヒトザルに、死んだ獣の骨が敵を打ち砕く「道具」になることを教えてくれた。この発見に感激したヒトザルが祝砲のごとくその骨を空高く投げ上げる。すると時空を超えた一瞬の後、骨と見えていたその武器は2001年の蒼穹の頂点に浮かぶ巨大な軍事衛星へと進化変身をとげたのだった。カタビラ・アキもまたヒトザルだったのだ。ただしこのヒトザルだけが道具たる言葉を空に投げ上げた。そして言葉たちは銀河宇宙に星座を描くように作品として残されることとなったのだ。こうして私というヒトザルは2024年に至って初めて1968年のカタビラ・アキを時空を超えて、読むことができるようになったのだ。ただしカタビラ・アキを育んだモノリスが孕む究極の意図は私というヒトザルには知るすべはない。しかしこの緩い

D同時性の発見を私はアナロジーと呼びたい。カタビラ・アキのベタの理解はありえない。連想つまり動的なアナロジーこそが理解を代行する。そのダイナミズムの多寡が私の人生の豊かさと貧しさを証していることだろう。「時には類推を冷却する／時間そのものの類推・・・夢は贋造される」（「初期の卵」）カタビラ詩では、精妙に計算されたわずかな言

い換えが、あるいは遥かな反復が言葉に

O温度差を生じさせる。この温度差が詩のオリジンだ。その典型があれら多数の見開き二ページに左右対称にきっちり文字が配置された「対称詩」だ。各詩篇の最初と最後の一文字（単語）が同一で、ページを閉じればぴたりと重なる。だがそれら二単語は同一物の反復ではない。二ページの言葉の迷路をさ迷う間に最初の意味は忘れられ、しかし最後にこの言葉が再び出現する時、その言葉は

S詩と化している。とは言ってみてもその詩は本物か。それを詩と呼ぶとしても、それはもはや言葉から遥か遠く離れてある代物ではないか。つまりその詩は

Cコミュニケーションの対象となるものではないのだ。それは意図されたデタラメなのか。だがそれは語義矛盾であって、意図されたデタラメはデタラメではない。詩人はなぜ書くのか。恐らくは日本語から離陸したいがために。詩人の母語は何語だろうか。

O横隔膜の裏側あたりにわだかまるポエジーがそれではなかろうか。そのポエジーとは、皮膚感覚にまで降下した思考のことであり、存在論的情動性とも呼ばれる。そこにおいては

PIピクリン酸の爆発は文字通り爆発する思考であるだろう。詩人はこの思考の爆発を記述する。その記述の仕方に言葉に対する詩人の姿勢が如実に表れる。彼は必然という「道具」を使い分ける人なのか、それとも偶然という「おもちゃ」と戯れる人なのか。どうやらカ

タビラ・アキは後者のようだ。こうしてみると、カタビラ・アキの詩作に用いられた手法は、類推の魔に取りつかれ、最期まで偶然に希望を託したマラルメのそれに似てくるではないか。だから彼の記述の仕方は（時には？）デタラメだとは誰にも言えなくなってしまうのだ。ひとまず、ポエジーとは普遍的な存在論的情動性の詩的発現であると定義したうえで、この情動性の

K　解剖学と呼びうるものを構想してみるならば、出自が同じく言葉であるかぎり、「道具」を正しく使おうと、「おもちゃ」を気まぐれに捻ろうと、同じ表現が同じ情動を発火させ得ることは至極当然のことなのだ。その場合、その表現を、感動的であるからしてそれは詩であるとか、デタラメとおぼしいからこれは詩ではないとか誰に断言できようか。

A　ときたら、それはあなたにとっても私にとっても『アンドロメダのA』（A for Andromeda）であるということにひとまず同意しよう。同様にして、『ウは宇宙船のウ』（R is for Rocket）であるだろう。こうした同意が成立しているならば、カタビラ詩を読むことにおいて、ここで、アンドロメダはどこにいるのか、宇宙船はいつ到来するのか、と問うことは無効だ。なぜなら、Aと発すれば即Andromedaは生まれ出て、ウと発することは即宇宙船の到来を目撃するに等しいのだから。詩人の想像力が言語宇宙を

T　踏破する速度はかくも早いのだ。彼の言葉は意味の重量を振り切って軽やかに走る。跳

躍する。回転する。読者は未知の鮮やかすぎる言葉のアクロバットを前にして呆然自失状態に陥ってしまう。こんな衝撃的な読書体験は初めてだ。できる限り意味を振り払って言葉をもてあそぶ詩人は一体何を伝えようとしているのか。そもそも伝えたいものがあるのか。答えは読者それぞれが案出するしかないのだろう。ポエジーを解するとはいつだってそういうことなのだ。カタビラ詩に「難解なるデタラメ」しか見ることのできなかったかつてのヒトザルは、永遠の習作詩篇を収めた「モノリス」を手にしたことでようやくこの単純な秘密に通じることができたのだった。思うにこの一書（普及版「モノリス」も含む）は当然ながらあの、限られた数の文字の無限の組み合わせからなる本のすべてが収蔵された

「バベルの図書館」（ボルヘス）のいずれかの書架に収まるべき場所が用意されていたはずだ。そう考えることで、今現在、一見すると完結し完成されたと見まごう「モノリス」という形で提示されているカタビラ詩に対面するヒトザルの心は幾分慰められる。なぜならこの図書館の蔵書の配列を思い浮かべるならば、ある事態が納得できるからだ。有限数の文字記号の無限（？）の組み合わせには、ヒトザルにとっては無論のこと、通常の人間的知性にとってもデタラメとしか思えないものが無数にあるはずだと誰もが考えるだろう。とは言えデタラメという判定にもとづく理解不可能性と理解可能性の境界の存在な

ど誰にも主張することはできない。デタラメは繰り返されると規則をなし、同じ無秩序は繰り返されて秩序をなす。そして秩序と規則が

I 意味を形成し、デタラメを解消してヒトザルを成長させる。「モノリス」はこの成長過程をつかさどる装置ではなかっただろうか。私はこの「モノリス」登場のおかげでようやく半世紀前にすでに姿をあらわしやがて姿をくらましていたカタビラ詩を読むところまで成長できたのかもしれない。思うにカタビラ・アキの詩を読むことはその都度

R ロールシャッハテストを受けるのに似ている。そんな連想が起るのはあの「対称詩」のせいだ。見開き二ページに二等辺三角形を上下逆にした体裁の詩形は読者と対面する他者の顔のように現れる。詩が、読者である私を見つめている。このことは実は詩に対峙する者にとっての普遍的真実なのだが、カタビラ・アキの「対称詩」にあってはこのことが現実となってことのほか強調される。そして、作品の中に仕組まれていた対称性はいつしか作品(他者の顔)と読者である私との間の対称性へと転換する。するとその時作品の鏡面に映し出されるのは一見私とは異なる他者のようでありながら、実は私自身以外の何ものでもない。それが言い過ぎだというのなら、それは両者の

A アマルガムであるだろう。だから私はこう言い切ることができる

K カタビラ・アキは私だと。こうして私のカタビラ・アキ読書体験はとても穏やかな地点

に着地することが可能となる。例えば、「肩にふれる雪にさわれ」(「音痴」冒頭の一行)これを詩人は次のように――言い換えつつ反復する――「肩にふれにくる雪にさわりにゆけ」(「音痴」冒頭の一行から数えて二百五十行目)この二行の間には、『習作集成』でも『習作抄』でも十四ページの隔たりがある。つまり双方いずれにおいても作品の載録についてはまったく同じ形態が尊重されているのだ。この隔たりは何を意味するのだろうか、しうるのだろうか。

雪がテーマとなれば、私たちには昔からの馴染みの詩が思い浮かぶ。「汚れつちまつた悲しみに/今日も小雪の降りかかる…」というのがそれだ。きちんと比較してみるならば、こちらは早くに人生に疲れてしまったとある詩人の嘆き節に過ぎないのだが、カタビラ・アキはそんな若者ではない。彼は人生に対してもっと前向きなのだ。中原中也なら十六行の半分を費やして一篇の詩を「汚れつちまつた悲しみ」(八回繰り返す)で染め上げてしまうのだが、カタビラ・アキは二十四ページに及ぶ長編詩の中で微妙に異なるよく似た二行を繰り返えす間に長大なおしゃべりを介在させる。汲み尽くせるはずのない日常の喜怒哀楽の情動的経験を何が何でも語り尽くそうとするかのようなこのおしゃべりは何を意味するのか。これは何かを意味することを装いつつ、言葉では掬い上げることのできない沈黙を隠しているにちがいない。そのおしゃべりの長大さは背後に隠された沈黙の深さを暗示する。沈黙が意味の原点であり、おしゃべり言葉のゼロ座標なのだ。最初の静的な一行「肩にふれる雪にさわれ」はその深く長い沈黙を潜り抜けて再度現れた時、動的な一行「肩にふれにくる雪にさわりにゆけ」に変貌している。詩人は（彼女の）肩に「ふれにくる」雪の運動に触発されて、自分も雪の仕種を真似るようにして（彼女の）肩に「ふれにゆけ」とおのれに言い聞かせる当為の表現がここに生まれているのだ。誇大妄想的な比較を敢えてするならば、この詩篇のこの仕掛けはヴァレリーの「海辺の墓地」のあの有名な一行を思い出させる。Le vent se lève!... Il faut tenter de vivre!（「風が立つ、生きようと試みなければならない」堀越二郎訳）この詩句は原詩の中では一行だが、内容的には二文からなる。そして両者の間に接続詞はないのだが、詩人は実際にはこれら二文の間に中断符（…）を介在させている。この中断符こそはは正しく沈黙の介在を示唆している。この沈黙なくして、「風が立つ」、「生きようと試みなければならない」という二文の並列は必然化されないはずだ。カタビラ詩のあのおしゃべりの背後に詩人が仕込んだ意味の原点としての沈黙を聞き分けるならば、まさに同じことが言えるのではないか。

こんな読み方をするからだろうが、私はついカタビラ・アキをカタビラ・アイと読み違いしてみたくもなるわけだ。

五つの帷子詩解釈と七つの補足

金石稔

（文中の五つのゴシック体は、今回の解釈のために取り上げた帷子詩篇のタイトルであり、その後ろの引用は、該当詩篇中、筆者のもっとも愛着する部分の詩行である。なお、解釈部一〜五をケイ線で囲んである。）

★

一、夢の中で詩人は願うともなく装飾家たらんとすることはよく知られている。しかし、〈分別くさく〉つまりは分別からのがれられない脆弱さが彼の不覚。横倒しの生涯を飾るに終わるのだ。夢階段とはことばで切り取られた太陽のことだと言い切ってかまうまい。が、そのことばが、底に秘めた狂気で、〈河口は若すぎる年令がじっとかおる白夜だ〉とまで断言されるとわたしたちは動悸が高鳴るのを押さえることができない。何に、またどこで迷うにしろ、ここにあるのは〈不案内〉のみなのだ。この詩の夢の中には《誰》も分け入ることができないという絶望的な証をここにみる。老眼は間も無く永遠に閉じられるということだろう。

夢じゃれて虹濡れ

分別くさく太陽を切り取り階段に体裁づけの
蝶番を滑らせる・周到な始まりが　まずは
気弱な装飾家を待ちかまえ不案内にする

しっくり葬列真似て横倒しの生涯飾る夢階段まどろみ無名の苛立ち痛む落日絶えて
はじける老眼輪郭やガーゼや懸命に看護婦見習い咬む河口に年令がじっとかおる白夜だ

二、やり直しがきかないことが、つねに〈始めっから〉だとしたら、おお、おぞまし
いことばたちよ。〈つぶれたパイ〉〈感嘆符〉それに〈タツノオトシゴ〉ついでに
〈塗りたくられてしまったおまじない〉の数々がまぶしい無明長夜だ。

夢なんか塗たくっちゃえのおまじない

思い思いに指折り数える全生涯をさまようには羅針盤が多すぎる。つぶれたパイやら夢精やら感嘆符　それにタツノオトシゴが多すぎる。
お　僕らのオママゴトの崇高さは唯一やり直しがきかないってことなんだから　始めっから。

三、誰あって、くばられる〈円熟〉を〈傷〉にかえる魔術に耐えることができる？夢とは、〈太陽にかきわけられたよこ顔の歯なみをただいたむ〉詩の最後の下絵なのだ。罪は誰にあるのか。下絵をなぞる者にか、あるいは、上塗りを諦めぬ者にか。

外部がはりつ
めている太陽にかきわけられたよこ顔の歯な
みをただいたむ最後の下絵（浪費をためす白
にしてきみの誘惑の無実）　傷口の静けさは
すべてその傷口の上流へと流れこむ　くばら
れる円熟に反し　できあいの流れる子供がみ
せていく水のがらくたについて　真空にのり
あげたきみはよく書きえたか

四、見ざる。聞かざる。言わざる。角を曲がれば、せざる。
回り込んで、向こうからよく見てみたまえ、砂を咬む夢ばかりだ。

初期の卵

路面が流布される　角を曲がる　角を曲がる　詩と詩がつらなってどこまでいっても猿の部分である　向こう側から凝視するとあらゆる砂丘である　だが　よく見れば見えなくなるのだから少し夢をみている

五、息が切れるし、挿入されるし、よじれていくし、すべての言葉は〈行きあたりばったり〉だし、一切の眠りの行手を打ち消す詩が欲しい。とまあ、軽く口にするから、わたしたちはいつでも〈同じものを吐き出す〉過剰な嘔吐感に堪えられないのだ。〈帷子耀〉ひとりだけがけなげなまでに盤石で、転がり続ける石ころのように純粋にして、無垢な夢少女なのだ。

夢のオマジナイにはナジマナイ★々《ほしぼし》

夢少女はあまりにも柔軟に組織された啓示として《誰》をやりかける↓火傷にやみくもな自失・解読法を習得する間際で目的となる迂回点に息が切れるし極端なれいれいしさが挿入されるし垣間見た移行の稠密な誘拐のほうによじれていくし嘔吐感の満ちたりた絹のような思わせぶりの吹き渡る環境で行きあたりばったりの気詰りで河岸を検討する一切の眠りの行手打消す言葉の目立たない容積に容易な道筋に辿りつく幼稚園生じみた彼の喉はいつも同じものを吐き出している

★

＊1、古びた概念と思われようが、帷子耀の詩の言葉は、多分にバイメタルとしての言葉だとたとえることができる。それも無限の数無数の、熱の、光の、情緒の、イメージの、速度の、膨張率や崩壊率がまったく異なる言葉が接着され張り合わされたバイメタルとして詩を作動させる。常温では詩のとば口にあつらえられているだろう起動弁はいかなるバ

イメタル言語によっても起動させることがかなわないだろう。否、実のところこの世のいかなる〈情熱〉〈熱狂〉といった〈熱〉のたぐいと詩とはいささかの関りもないものなのだ。そのことをわたしたちはまるで知らない、知ろうともしない。それを知る者は誰かと、きみは問うてみたいのだが、馴染みの風景と白昼夢と真夜中の抒情とがそれを妨げる。

＊2、詩は断じて移動手段の足や列車ではないが、帷子詩の第一行目の第一句に眼を向け、さて、先に進んで行こうとするたびに、ほとんど瞬時に読むことから眼差しを、ゆえに体自体を弾かれ、あるいは放逐されてしまう。

つまり、帷子詩を読むということは、繰り返し躓くということと同義なのだ。

眼の行為、いかなるヴィジョンをも彼の詩は許容しない。詩は、つねにそこにただ、空白の風、全き虚無のトルネードとしての〈動き〉そのものなのであって、ありとあらゆる人間的思惑の外に輝くものだからだ。答えをあらかじめ持たない謎々の方がまだ馴染めるものだと言えるかもしれない。

＊3、想像を絶する速さ、それが帷子詩だ。ゆっくりとした、放射状の静寂に満ちているというべきなのか？語句と語句、あるいは、行と行、つねに相対速度として立ち現れる言

葉がただそこにあるという無限速度。驚異なのは、たったの一語が、彼の全詩篇のつねに向こう側へと突き抜けて行くという恐るべき突出性を発揮しながら、〈今、ここ〉にとどまっているように見えることだ。

＊4、高揚感、たとえば喜び、あるいは怒りの。ためらいも、不快も、戦慄も、酩酊も、落胆も人並みに感じると信じるひとでさえ、人並外れた統一感、この世にあることの陶酔感へと自らを投げだすことが詩を読むことだとは信じることができない。ともあれ、言葉は〈混迷の坩堝〉へ、受難の詩へとわたしたちを誘ってやまない。

＊5、〈分別くさく太陽を切り取り〉生もなく、息も無く、石のような生の謎もまったく存在しない世界は、まだ見出されていない辿るべき道の譬喩である。露出した地下鉱脈である詩というものが、わたしたちがそこで出会うようにしつらえられた時間の罠なのだということをさし示している。

＊6、嘔吐するものとて、言葉以外に何かある？そう帷子詩は囁く。その汚れた嘔吐物のなかでのみ、暗黒の星は輝く、と。彼の詩はいつもひとにそのことだけを告げている。落

下と上昇、ともに散逸してしまった地点、その失われた記憶のなかにのみ、辛うじて詩らしきものの残滓が点滅している。

＊7、うつろな流産にもかかわらず捉え難い既知の緊張度開示する眼底を通り過ぎる虚無の唖然に誤読はばむというよりはむしろ境界のなかばで下手らしく眺める字句に打ちつける額・多種多様な恐怖の論理の堤防の上に仰向けで寝そべり、ただひとつのわたしたちの銀河を見上げている蒼ざめた幽霊を見よ。

卵形の夢 ——帷子耀覚え書

金石稔

どの一詩篇を取り出してもいい。始めからはっきりしているのだ。帷子耀は、めざすべき《詩》(あるいはその出現の《予兆》)を一身に感受し、いわば一曲の歌唱を歌うかのように、始行から最終行まで一気呵成に行く。だが、どのようにそしてまた、いつ歌い終わるにしろ、そのまさに終わった瞬間に、つねにその一歩前に先立って、終わることを拒み、逃げ水のごとくゆらめくことを止めようとしないものこそが《詩》なのではないか。このことを、彼が十三歳にして知り尽くしていただろうことは、矢継ぎ早に発表された切れ目のない(読点、句点を持たぬ)詩行による詩篇群を一度でも目にしたことがあれば、そしてまた、多くの驚嘆をもたらした衝撃作を次々と発表したにもかかわらず、わずか七年ほどで断筆し沈黙したことを思えば自明のこととしか言いようがない。後年、「帷子耀・《ドット》」として、たとえば最近、ある個人詩誌に[*1]「詩は半世紀ほどとあるバス停に立ち続けている。バス停の名前は遠すぎて読めない。詩が立っているバス停までは私のところからは一本道、バスが来るなら私の前を通って行くだろう。詩は本当に小さく見えている。誰が決めたのだろう。何人もそこまで行くことはできない。」と書いていたのを読んだ時、「〈逃げ水のようにゆらめきを止めないものこそ詩〉なのはわかりきっていたことじゃないか。半世紀を経て、同じ少年の〈私〉が、《詩》という〈ゆらめき〉ごと鷲摑するのだ。」そんな詩人の強靭な意思を感じたのだった。詩人自らが名付けた「習作」という今そこにある過去、ついに到達出来なかった極北（南であれ、上であれ下であれたいしたことじゃない）にある詩を読み返すことは可能なのだろうか。彼の詩篇群に向かうたびに、この疑問と躊躇の思いに襲われ、それが読むということの躓きの石となるのではないかと危惧する。帷子耀の多くの詩篇が幼少年期に由来する事物と語彙で編まれている故、今や、過ぎた日々の忘却の彼方にいるわたしたちは一層不安になるのだ。その不安ゆえにか、詩人が、一篇を書き終えるごとに、重力に縛られたなじみの言葉を忘れ、茫洋とした存在に化身してしまっているという幻惑に囚われもする。語る相手を想定しない、またその術をもともと要しない言葉は、重力から解き放たれて、詩へと飛翔して行くのだろうが、そのような言葉は、いやおうなしに詩人の休息を、何よりも年齢にふさわしい体力というものを奪いもするのだ。ひとは、『帷子耀習作集成』の中のとりわけ唯一無二の詩篇群を通読するたびに、詩というものが「先取りされた遅延」としか言い表わしようがないものとして、沸騰し、衝突し、互いの存在を相殺しあう言葉の「騒擾の世界」となって無際限に広がって行くのを目の当たりにして驚嘆するがいい。ここでは、時間はその未来の果てから逆流するのみならず、過去・現在・

未来の混在する一点から宇宙空間に放射状に拡散して行く動きであり、空間には厚みというものがあらかじめ失われている。詩はわたしたちの皮膚に触れて隣りあわせに存在するのだ。彼の詩篇はわたしたちの皮膚に押し当てられた灼熱した〈言葉の刻印〉そのものに他ならない。

だが、詩人は、それは《ことば》であって、未だ《詩》となりおおせてはいないものだと言うかも知れない。少なくとも天沢退二郎氏の詩集『時間錯誤』以前の近代詩篇、現代詩篇を念頭に帷子詩篇を見ようとするひとびとの頭にあっただろう詩を書いていたわけではない、と。というより無邪気に、眠りの床にあって、しかも覚醒しながら「夢の旅」の途上に詩人はいたのだ。長く、切れ目も定まらずにくりかえされ、互いに絡み合う語と語、行と行、どこまでも呪文の「おまじない」を唱えて詩の扉を押し開けようと「夢観祭」し「夢じゃれて」いたのだったかもしれない。そして、ときには、「もどかしさ」や「不吉な涙」に濡れて、「夢なんか塗たくっちゃえのおまじない」と苛立ちとともに言い放ったりもしたのだ。詩は、ありとあらゆる方位に向けて途方もなく際限もなしに膨張・拡大をやめず、目指すべき地点など特定する術すらはじめから断たれているかのようなのだ。詩人の側からすれば、〈思い思いに〉、つまりは、なんぴとにも阻まれることなしに思い通りの〈全生涯〉の果てまで行ける〈さまようということと同義であることを見損なうべきじゃないが）はずであったのに、たよりとすべき〈羅針盤〉が多いがゆえにさまようという目的の行く先そのものが定められないのだ。

「思い思いに指折り数える全生涯をさまようには羅針盤が多すぎる。つぶれたパイやら夢精やら感嘆符　それにタツノオトシゴが多すぎる。ありあまるくすぐったい夢もたぶん立ち枯れて船出まえに方舟は　もうもどかしく不吉の涙で砕け散る」（「夢なんか塗たくっちゃえのおまじない」）

先にも少し触れたが、帷子詩篇における語彙はさながらこどものオモチャ箱を野放図にひっくり返したような混沌のさまを呈し、かつまた、あたかも古今の百科全書を丁寧に調べ尽くしたかのような整然さと表裏一体をなして駆使される。一気呵成に最終行まで彼は行ってしまうと前に言った。なるほど、そういう印象を与えるのは確かだ。しかし、詩篇の外へ突き抜けていくという『黄金詩篇』期の吉増剛造詩篇が典型的に実現していた〈疾走感〉、そのダイナミズムとはまるで違う。帷子にあって《詩のことば》は、詩篇内部を螺旋的に回転しつつ猛烈なスピードで、詩の中核の一点を目指し、そこから異次元へ突破し、そして、再び帰還して新たな詩的空間をいまここ、この詩篇のただ中に呼び込もうとする循環運動として現れて来るのだ。けれども、《詩のことば》には終わりというものはついにありえないのだろう。詩人はいつも何かを恐れ、周囲への警戒を言葉たちに喚起している。「・・・気をつけろ。近親憎悪の乳もみもろとも不自由についばまれちゃってる穴だらけの愛が感性の振り子や浅瀬の踊り子の頭蓋下で薄気味悪く機智もなくぶっきらぼうに誤植されるぞ」（「夢なんか塗たくっちゃえのおまじない」）

彼の言葉たちがその身に覚えていたのはどのような恐れなのか、定かではないが、「薄気味悪く機智もなくぶっきらぼうに」誤植されることだけは逃れたいのだ。詩篇に取り込まれた言葉たち、とりわけ帷子耀にあっては、どの詩人の場合よりも、あたかも一個の意志をもつ幼子・生まれたばかりのみどりごとして裸形のままなにものかにおびえ震えてはいないか。それを押し殺してたとえば、けなげにも詩篇「音痴—乱調詩篇」の中で「くばられる円熟に反し　できあいの流れる子供がみせていく水のがらくたについて　真空にのりあげたきみはよく書きえたか」と、詩のことばとその行く末を自戒をこめて書きもするのだ。このような〈孤絶〉の思いを見るにつけ暗たんとする。詩人とは、かくも、かつての自らを限りなく破棄して行く者なのか、と。

自責を問い、謎なぞの答えの有り無しを自問する言葉への心くばりと、「書くということ」自体をめぐる逡巡もまた、詩篇に張りめぐらされた蜘蛛の糸のごとく読者をとらえて離さぬ強靭な粘着力を秘めた帷子耀の「書くという意志」そのものに他ならない。詩は、とりわけ帷子詩にあっては、そこでのみ回りつづけながら、それゆに、どこへも決して行き着くことのない「回転木馬」という言葉での旅なのだ。記憶を作り出す夢を見るという旅。〈堂々めぐり〉とは地獄へ通じる伽藍の奥へと未知に対する不安も恐怖も感じることなく勇躍と突き進んで行くということであるのだろう。《詩のことば》とはいつどこにあっても螺旋にめぐりめぐってわたしたちの喉奥に茨のトゲのように刺さり込んで抜きがたいもののことだ。

　言葉言葉言葉よそして（ふんアカシアの雨に打たれた所であたしゃ言葉《あんた》さんにパ
ロールってルビを振る趣味は毛唐ほどもないのさ）後ずされるのか忘れもののよう
に長あく揺らぎとろける水柱の尾っぽの水のみきって

――「ふる卵のへりでは遊べない朝までは　暗譜音譚」

　帷子が「言葉言葉言葉よ」と「言葉」を三度も繰り返して呼びかけ、「毛唐」という野卑な語彙まで用いたのは、おそらくは、拳玉やＢＢ弾や鬼ごっこや「モラッテウレシイイハナイチモンメ」の幼年遊びに興じている少年あるいは少女期を足早にやり過ごして、時には憎みさえしながら、詩のことばとなって幼年期そのものを早々と脱出し、未開の詩の領土を猛烈なスピードでめざすことが生きてあることの唯一の実感であったからに相違ない。
　詩人がもの狂いにも似た自身を見いだして嬉々として終行に向かう遙か後方に置き去り

にされたものこそ少年の語彙だ。いやそれは、紛れもなく少年そのものでさえあったのだ。詩人の向かう詩への道々のかたわらには、ついに完璧な姿態になり得なかった言葉の様々な部位が堆く積み重なっていたが、それそれはまごうかたなきあの舌足らずな幼児語が変容したものなのだが、「おなじもの」と認めることは、遅れて来たわたしたちにはなかなか難しいことなのだ。

「けど、やっぱし海にお船を浮かばせて（しゅらしゅしゅしゅ）行ってみたいなよその国。へたしてまた生き返っちゃったら行ってみたいなよその国」（「夢なんか塗ったくっちゃえのおまじない」）こう書く詩人はあきらかに死人（しびと）としてユーモラスなまでに仮装した自身を生きている。だが、生き返ることが歓喜ではなく「へた」だとする時間の闇は途方もなく深くかつ暗い。いや、生死どころの話ではなしに、彼はここでは、「書くこと」そのものなのだ。時の一刻一刻が、その散乱や堆積や崩壊さえもが、言葉によって自在に超立体とでもいうべき構造物として結晶化している。

帷子耀は、詩篇を書くという行為に初めて踏み出した多くの詩人たちのように、先駆者の言葉を真似ようとしたことはない。彼の言葉遣いと息遣い、つまりは詩行、詩篇のたたずまいは、彼以前のどの詩にも見出されない。それは、まったく誰でもなく《帷子耀》に他ならなかった。彼は、以前の詩人たちの〈詩に向かう行為〉をこそ自らの反面教師としたのだ。先駆者の行く末を先取り出来るのでなければぼくは何者でもありはしない。ましてや〈詩人〉ではありえない。そう十五歳の少年が決意したことが見てとれること、その決意の ゆえに、また彼の語彙と詩行はヒートアップをいや増し、その過激故に詩篇そのものが飽和状態に耐えられなかったとも言えるのだ。それゆえに、他ならぬ生身の詩人が詩篇から押し返され、詩の外部へと追放されることにもなったのだった。見たこともないのではなく、見るものがなにもない、完璧なまでに空虚な全景が目の前に広がっているのに茫然として自失する時間が詩人に親しいものとなってゆく。それは詩人が時間そのものになるということでもある。そのことが、望むと否とにかかわらず、現在の《彼》を永遠の《帷子耀》にしているというのも痛ましいことだが紛れもない「真実」なのだ。かつてひとり住みなしていた彼のみの真実を夢想した「遊び部屋」で、詩人は書いている。

むすぅんでひらぁいいた緑児たちの指紋のない手つながれた手はなれた手おおあの
手この手みつよつななつが住みとけて右往左往する遊び部屋にゃからきし神がかり
な暗がりつくり水々しく生えそろいついに生えそろうまばらな花の声つくり

――「ふる卵のへりで遊べない朝までは」

「暗がりつくり」「花の声つくり」は帷子少年の「詩つくり」の言い換えにほかならない。そして、それは「お　僕らのオママゴトの崇高さは唯一やり直しがきかないってことなんだから始めっから。」(「夢なんかぬたくっちゃえのおまじない」)という詩行に見られるように癒しようもなく痛いことなのだが、すべては、とりわけ《詩》は繰り返されるほかないものなのだ。シシュポスの山上への石運びのように。そのことを詩人は知りつくしていた。

帷子耀が書き、さらに書き、さらに書き継いでいたとき、その指の透き間から〈すべりおちていったもの〉は何だったのか、あるいは、同じことなのだが、彼をしても追いつけなかった〈あらかじめ失われていたもの〉が、いったい何だったのかをわたしたちが、彼の詩篇をそれこそ後追いで問いなおしてみるのに、次のような詩行はさながら闇夜のかすかな、しかもあたたかな燈火となるのだ。

(手に負えなかったも
ののみが手からすべりおちていったものでは
ない　手からすべりおちていったもののみが
手に負えなかったものではない)

(「音痴―乱調詩篇」)

答えはきっと、このようなものだ。

今日、詩はすでに抒情から遙かに遠ざかったものなのであり、もちろんひとの〈心理〉へのやぶにらみでもなく、わたしたちを取り巻く一切のひと・もの・ことを見極めたうえで語り継がれるような深刻な物語でさえないのだ。声高にそう語りはしなかったが、帷子耀は1960年代の後半という古い時代にすでに未踏の詩的領土へと突出して行き、倦むことなく、詩の「語法」を、あるいは詩の「一字一句」のありようを「言いかえれば何も何もないのに思わせぶりのネホリハホリ」とさえ言いかえながら執拗なまでに詩の〈行〉の成立を目指していた。詩篇「犬吠える夢の荒い砂煙から見えやしない何も何も」の最後は、疑問符〈?〉一個が静かに置かれていた。その疑問符を見るにつけ、彼をしてもときには、詩というものが一つの疑義そのものとして、詩人の行く手に立ちはだかるものなのだと知って暗たんとする。しかし、どうあがこうと、ことばによってしか到達できないわたしたちの現在の詩のあり様をこの疑問符は示して余りあるものだと言えるのかも知れない。「来るべきポエジー」[*2]という文章のなかで、ロートレアモンのマルドロールの歌い方と「ポエジー」との密接な関係に触れて、ル・クレジオは書いている。

「言語は炸裂することによって、個人性のあらゆる境界、シャボンのあらゆる泡を、すりきれた繰り糸を、あらゆる「癖《チック》」を粉砕してしまった。言語はふたたび純粋でむきだしで自由である」

なるほど、ロートレアモンことイジドール・デュカスがなにかしら、所有者のいない言葉、つまり、誰にも属さず、誰もが自由に使うことができる普遍的な言葉で万人によって書かれた、女子中学生にも読みうる「やさしい」詩を本気で望んでいたことはよく知られている。『マルドロールの歌』についてではなく、まさしく『ポエジー』に見られる「引用と模作《パスティシュ》」について「作者のある芸術、そこでは創作が所有権の確立であるような芸術の理念を廃棄する」と補足した上で、ル・クレジオはデュカスの方法と歩みに全面的に賛意をあらわしている。その同じ道をただひとりで辿って、なんぴともかつて見たことも触れたこともない詩のとば口に、はじめて立った日本の詩人が他ならぬ帷子耀であり、今日ただ今の彼にとってさえも先駆者たるを失わない。

彼は、幼年時の語彙と「少年探偵団仕込みのふるえふるびる手旗信号」（これもまた言葉だ）で、《詩》へと限りなく近づき、その至り着いた地点で「移ろいやすいお守りなどなぞらえてすこしずつ死にたがっている未読の風がしゅるる」となっているのを震えながら聞いてしまったのだ。それでもなお、彼は、恐らくは幼さが同時に成熟そのものでもある完璧な詩の《ことば》の発見、それをめざしてつき進まずにはいられなかった。そのような言葉による詩は、新たな、しかもこの国のあらゆる文学の歴史、私的な妄想からも自由な、書かれるはずの一切をそのうちに持つ単純、無垢な詩そのものであるはずであった。しかし、先にも触れたが、次々と、その身からもがれていくことばの、指、腕、そして耳や歯が、一作、一篇終える度に、あのアリスが、夢から目覚めるとき（不思議の国を去るそのとき）、狂乱して打ち払おうとした「トランプ」札[*3]（王、女王、兵士、その他すべて）のように帷子耀の身体を襲ったに違いない。詩人は、言葉の成長を見るまえに、少年のまま成熟したのだ。いや、そうではなくて、成熟を仮装しなければ、今、そこにある言葉の無残な切れ端（それは、刻々と時間に犯され腐葉に姿を変え、ついには堆く積もる土壁ともなるものだ）に歩みを阻まれることに抗うすべがなかったからだ。しかし、この腐敗腐蝕した言葉たちが、もっとも詩人を恐れさせたのは、それらが早晩、今生の物と意味とイメージに関わることの一切を放棄してついには消出してしまうかも知れないと予感させたことだった。生身の少年詩人にとって、予感はほとんどつねに既視の物ごととしてあり、《詩のことば》そのものに他ならなかったのだから。とまれ、詩人が詩に向かうこの道筋には、誰ひとりの〈他者〉とてなく、互いに交歓、または交感しうる（ひとにでなしの）異形の者たちにすら出会うことなしに、空白にのみ満たされた虚構空間にあって、たった一人の寒さを生きていた。そこに遠く遥かな《詩》からの透明なひと筋の細い光りだけが、〈希望の残滓〉のように射して来ていたはずだが、それが、地上の生身には何の助けにもならぬことだけは、まれに見る早熟の詩人にはわかりきったことだったに違いない。
彼は、詩のために《詩のことば》を失なったばかりか、《詩を書く手》すら遠ざけて、その孤立の地点に立ちつくしたまま、地上の半世紀の時間が自身のかたわらを瞬時に通り過ぎて行くのを見たのだった。

補遺1

帷子耀がもっとも《言葉》というものについての思いを露わにした「ふる卵のへりで遊べない朝までは――暗譜音譚」を、とりわけゆっくりと辿る時、これは新たな「道行き」の「相聞歌」だという思いを強くする。「新たな」というわけは、通常の物語のように、例えば道行く二人が登場するのではなく、ことば（音声や意味やイメージ）と詩人が互いを恋うるはじまりから、見事なまでに〈詩人〉が途中から追放され、「ことば」と「ことばならざるもの」との相聞になりかわっていくのが感じられるからだ。また、ことばならざるというのは、詩人のことばが、物の名や状態や動作を指示することから自らを踏み外していき、つまるところ、ことばであることが絶対的な黙示としか言いようのない、イメージすら空無となって拡散し、ついには失われてしまう地点へとわたしたちを誘うものとなりおおせていると思えてならないからである。この詩篇が、16歳を終えようとしていた少年の書いたものであることに人は、驚嘆をこえて驚愕せざるを得ないだろう。

補遺2

瀧口修造氏は、一九三〇年の詩篇「夢の王族　一つの宣言あるいは先天的夢について」の中で、「卵形の夢、ぼくは一つの新世界に向って開いた卵形の夢を愛する」と書いた。この「卵形の夢」ということばほど、帷子耀の全詩篇を名づけるにぴったりのものを他に知らない。この卵形の夢、その殻の輪郭が、わたしたちが「現実」と呼びなしている世界に一点で接し、そして、そのまま割れることもなく入り込もうとするのを、現実世界の側から見るなら（それ以外の側からわたしたちは決して何も見ることができないのだ）、それこそ世界がまったく《新たなもの》として、これまで誰一人として見たことのなかった《夢》のように開かれていくのが見えることだろう。そんな思いに駆られて、この覚え書のタイトルに借用させていただいた。

＊1　この個人誌は、札幌の詩人海東セラの「ピエ」（2022，7，30刊　Vol.24）

＊2　ル・クレジオの言葉は、1980年（昭和55年）朝日出版社刊の『来るべきロートレアモン』（豊崎光一訳）から引用

＊3　アリスが打ち払うトランプ札は、目覚めてみると、樹上からアリスの顔に降りかかる三、四枚の枯れ葉に過ぎなかった。それをお姉さんが、やさしく手で払いのけてやっているのだった。

帷子耀

四方田犬彦

一九六八年三月、まだ定価二百円の薄い雑誌であった『現代詩手帖』四月号に、帷子耀という不思議な名前をもった詩人が、一篇の奇妙な作品を投稿し掲載された。「あんぶれら」と題されたこの作品は、とりたてて意味のあるものではない、どこにでもある痴話喧嘩めいた対話から構成されていた。いささか人生に疲弊した感のある女と、傘を売ろうと往来に出たものの、誰にも買ってもらえなくて意気消沈し、仕方なく女のもとに帰ってきた男との、親しげな対話。だがよく読んでみると、驚くべきことに各行の一行目の文字だけを右から左へと拾いながら読んでいったとき、トロンプ・ルイユのように別の文章が隠されていて、それが作品の二連目、四連目の最終行を正確に反復している。作者は手の込んだ回文でも制作するかのように、巧妙な言語遊戯を楽しんでいたのである。

驚くべきことは、もうひとつあった。原稿の末尾に「十三歳・中学生」と記されていたのである。「今月の新人作品」の選者であった菅原克己はまずそれに「びっくり」し、次にこの作者が「もっと本質的な、自分や対象に切りこむようなところでやってほしい」、「才能を浪費するようなこと」は避けてほしいという感想を記した。しかし早熟な中学生は年長者の忠告などには最初から無視を決めこみ、退屈な中学校の授業中、机の上に原稿用紙を広げせっせと升目を埋め続けた。たまたま詩の同人誌を出していた国語教師が彼の作品を発見して、高い評価を与えた。少年は憤り、「人の頭を逆様に撫でるんじゃねぇ」と悪口を叩いた。誰も自分を理解できないし、理解されることもないという矜持が、その心中にあった。少年は毎月のようにまったく違った作風の作品を『詩手帖』編集部に送り付けた。作品は次々と掲載され、それを通して作者は加速度的に成長していった。

安全《グリーン》　安全《グリーン》　安全《グリーン》よ！
（そして君は全ての世界の窓を開ける）
（「移行の時間・移行のこいびと」）

先の菅原克己は、「いったいこの後どうなるのだろう」と嘆息した。十四歳になった少年は、十一月号のために原稿用紙十枚に及ぶ長編詩を書き上げると、それを編集部に送った。詩は最初の四枚だけが掲載されて、残りは省略された。少年はコピーというものを知らず、原稿の控えを準備していなかったため、割愛された六枚の原稿はそのまま廃棄されてしまった。編集部はそれ以後、投稿作品は四枚以下に限定するという規定を設けることになった。

一九六九年、山梨甲府第一高校に進学した少年は、戦術を変えた。彼は一気に何篇もの作品を完成してしまうとあとは何もせず、ただ一月に一篇ずつそれを投稿欄に送った。どうして一度に沢山の作品を送らなかったのか。当時『現代詩手帖』には「投稿券」が付けられていて、投稿者はそれを原稿に貼布して編集部に送らなければならなかったためである。十五歳の少年には、投稿券欲しさに同じ雑誌を何冊も買い揃える経済的余裕などなかった。「夢の接触」「夢じゃれて虹濡れ」「宙吊り卵を鞭打つ日のひび割れ割れの夢観察締め・断片」「夢絨毯は飛ぶ」「夢の飼育じゃない」……「夢」という共通の一字を題名にもつ奇妙な作品がこうして毎月の『詩手帖』の投稿欄を賑わすこととなった。

帷子耀はしだいに話題を呼びはじめた。「片開き」という言葉から意味もなく作り上げられたこの筆名をスラスラと「かたびらあき」と発音できる読者はけっして多くはなかったし、なかには作者を少女だと信じこんでいる者も存在していた。当時の投稿欄には「私の詩について」というコラムがあり、一九六九年六月号では芝山幹郎（当時二十歳、東大生）とともに、帷子耀の次のような言葉が掲げられている。

「先ず始めに何かがあるかといって何もない。全ては欠如している。ここで早くも文体が変わる。……迷行の没人格的謎々の種々《くさぐさ》から欠如を抽出し、貧弱な〈全体〉に空しい不実の矢を突き立てること。位置づける、という行為は極めて避けがたいものとしてある。今は強迫的なまでに増大している穴の領土の深みへ、めくるめく思いの彼方へ、欠如を投げ込んでみる——異様な穴の核心を切開するに当たっての遅ればせな一突きだ」。

何のことだか、まったくわからない。一九五三年生まれのわたしは当時十六歳で、ひどく背伸びをした気持ちを抱きながら『現代詩手帖』を読んでいたが、自分より一年年少の人物がこのように書いているのを見て、恐ろしい絶望感に見舞われたことを記憶している。ともかく難しくて歯が立たないのだ。これはどうも食べ物が違うのではないかと、わたしは真剣に悩んだ。だが文章の難解さ以上にわたしに違和を感じさせたのは、冒頭の一行だった。何もないだって？　わたしはといえば、世界の未知という未知に早急に手をつけてしまいたいという焦燥感に取り憑かれていた。したがって帷子耀の説く「欠如」の意識ほど遠いものはないように感じられたのである。十五歳の人間がかくもシニックな自己認識に向かうためには、いったい何が必要条件なのか。それを忖度することは、当時のわたしの能力を超えたことだった。にもかかわらず帷子の詩は、わたしを当惑させかつ魅惑した。そこには、のちに一九七〇年代後期になってフランス経由で喧伝されることになる言語の表層性、シニフィアンの物質性なる観念が輝かしく実現されていたからである。

その年の終わりに帷子耀は、第十回現代詩手帖賞を受賞した。審査員は渋沢孝輔、寺山修司、鈴木志郎康の三人で、同時受賞はのちに夭折することになる山口哲夫（二十三歳、早大生）だった。鈴木は一貫して受賞に反対した。彼は帷子に生理的嫌悪を感じ、それを理屈づけるために、作者が「言葉の意味を否定し」「ひとり遊び」に耽っているだけだと非難した。渋沢は達観し、「声変わり以前の「時分の花」と知るべし」とだけ発言して、強いて受賞に異を唱えはしなかった。帷子をもっとも強く推奨したのは、当時全国の家出少年少女にむかって扇動の言辞を撒き散らしていた寺山である。「何もいわないこと。これが時代状況の反映」だと、彼は即座に断言した。帷子の作品は「手法的にユニークであり、完全に現象に埋没して無思想になっているのがいい」のであって、その受賞は「詩壇ヒエラルキーへのパロディとなる」だろう。

今から考えてみるに、驚異的な年少者発掘者であった寺山は、この少年が主張し体現しているシニックな欠如感と悪戯者の意識に、かつての自分の影を認めていたのかもしれない。「チェホフ祭」の作者もまた、実体験とはまったく無縁の地点で、言語から言語を生成せしめることに稚なげな情熱を傾けていたのだから。そして今日のわれわれは、高校生当時の寺山が何を隠蔽し、何から真剣に逃れようとしていたかを、伝記的な研究からすでに知っている。わたしは想像する。彼もまた帷子の「全ては欠如している」という言明の背後に何ごとかが蠢いていることを、直観的に察知していたのではないだろうか。

ともあれ少年は受賞し、東京の思潮社編集部を訪れた。発言の機会を与えられた彼は単刀直入にいった。これからは新人投稿欄に都道府県を記すことをやめてほしい。投稿券を貼布するという規則もやめてほしい。ついでに、現代詩手帖賞という賞もこれきりにしてやめてほしい。この言葉を受けてであろうか、『現代詩手帖賞』は数年にわたって賞を廃止した。

一九七〇年から七一年にかけては、帷子耀が文字通り八面六臂の活躍を続けた二年間であるといえる。彼は同じ時期に『現代詩手帖』投稿欄に参加していた芝山幹郎や熊倉正雄とともに金石稔の主宰する同人誌『騒騒』に参加し、華々しい詩作活動を展開した。『騒騒』は時代の再前衛の同人誌として評判を呼び、一時は部数が千部を超えるまでになった。誌面からは金石が年少の帷子に突き上げられるようにして、どんどん文体をラディカルにしてゆくさまが見て取れた。『黄金詩篇』を纏めたばかりの吉増剛造が彼らにエールを送った。帷子は吉増論を書き、芝山幹郎に誘われるままに、劇団駒場を率いていた芥正彦の座談会に出席し、東映の任侠映画と『少年マガジン』に熱中した。時代は安保闘争を挟んで混乱の体を極めていたが、彼にとっては右翼も左翼も敵であり、すべてのものがなくなってしまえばいいという気持ちばかりが強かった。味方など一人もいらない。同じことは二度とふたたびしたくない。十五歳の少年が手にしていた行動原理は、この二つだけだった。

この時期の『現代詩手帖』を眺めてみると、帷子耀を意識的に前面に押し出して、一時代の雰囲気を画そうという姿勢がはっきりと窺われる。一九七〇年一月号には「受賞第一作」と称して「ふる卵のへりで遊べない朝までは」という作品が掲載されている。副題に「暗譜音譚」とあるが、どうやらこれは「アンポンタン」と読むべきものらしい。

さしのべられてこよなくはぜるさざれ波すえ恐ろしくひょいひょいと盲いのホンダワラの頭こしてく大波小波そっと呼びとぽおん小暗く見渡すかぎりにみじろがすジャックの豆っ粒のはてなしはなしに似てずぶ濡れのまま心のおもむくまま柔和にいつかなまなましくみまかってゆこうとする星めぐりの悪い古典的な糸杉のゆりかごをじっくり溢れかえってた樹液があれよあれよと見るまに〔……〕

まさにあれよあれよというぐあいに言葉が流れ出ては、泡沫のように消えてゆく。声に出して読んでみると、ところどころに七五調の律が隠されていて、一見自動記述のように書かれているように見えて、実のところけっして意味が凝固しないように、いささかでもその兆が見えるならばただちに波の飛沫がそれを洗い流すかのような仕掛けが施されている。だがしばらく読み続けてゆくうちに、喪失してしまった幼年時代をめぐるヴァルネラビリティと抑圧、禁忌が主題として見え隠れしていることが判明する。言葉という言葉の背後からすっかり意味内容が抜き取られているように見えて、その実、言葉が編み上げるいく筋もの系列のなかに、衒学趣味（「寝乱れの水晶球《メメクラゲ》」、「あたしゃ言葉《あんた》にパロールってルビを」）、ノンセンスなパロディ（「鬼《てき》は本能寺になし！鬼《てき》は本能寺になし」）、オノマトペへの嗜好（「しゃぶしゃぶ」「ごてごて」「卵たちめがけてたらたらり」）が現れては消え、無償のままに言葉を手玉に取って遊んでいる子供の姿が、幻のように浮かび上がってくる。おそらく高校の退屈な授業時間に、教師の目を盗みながらこの詩を悪戯書きのように書き続けていた帷子耀は幸福であっただろうし、詩というものが絶え間なき推敲を通して、「歴史的意識」（エリオット）やら、人間的使命感やらに基づき執筆されるという世の詩人の習いに、まったく無関心であったことだろう。ともあれ改行なしで八頁、原稿用紙で十三枚分びっしりと書き続けるエネルギーは、ただごとではない。だがさらに驚嘆すべきなのは、帷子耀がここで確立したはずの文体を二度と反復せず、捨てて顧みなかったということである。

「ふる卵のへりで……」から半年後、一九七〇年七月号に発表された連作詩「瞳冒瀆」は、冒頭に瀧口修造の詩句がエピグラフとして掲げられ、お揃いで黒服を着たジョン・レノンと小野洋子が並んで写っている写真が、続いて作品の一部として引用されている。そのあとに八篇の詩が続くのであるが、それらのいずれもが各連の行数が四三三四というソネット形式を踏まえており（改行によって故意に曖昧にされたりしているが）、基本的に全体が五七調で書かれ、八行目が五音でかならず感嘆符を伴うという奇怪な法則のもとに書かれている。最終部を引用してみよう。

冴えかえる
菊と刀をふくんでか
咲きそそる傷　非戦闘員《もののふ》の腑に

あえて黙在《もだいま》すあえぎに
まっとうする抒情七つのあえかなる夏
薄明をぬるましく書く〈三光…………〉と
ハネムーン死ぬ爪たちかこみ

尻を追う！

宰相よ死ね唱導の人差指はみずみずしき肉
青眼もいわれなき刻《とき》なまじまぬ
霊魂婚礼在《いま》せばならず

しんかんと鳩胸しぼるブランコの
死に花真昼
まむけるわたし

塚本邦雄や春日井健といった短歌の残響をここに読み取ることは、けっして難しいことではない。不気味なことにこの作品は、五か月後に市谷の自衛隊基地で三島由紀夫が試みた「真昼の死」を予告しているかのように見える。事実、帷子は三島由紀夫に会おうと計画していて、偶然のことからその機会を逸している。彼は甲府で歌舞伎研究をしている中村哲郎から、もうすぐ三島由紀夫が楯の会を引率してやって来るのでぜひ会うようにと勧められていた。三島は死の直前に、中村の『歌舞伎の幻』に推薦文をものしていた。割腹自殺という事件がなければ、帷子と三島は会っていたはずであった。かつて「詩を書く少年」という短篇を著してみずからの詩との訣別を散文で対象化してみせた三島は、帷子にどのような感想を抱いたであろうか、わたしとしては興味が尽きない。

だがそれにもまして、この詩において特徴的なのは、極端にまで強調された形式主義であり、しかもそれがいかなる目的や効果とも無関係だという事実である。十二行目は連作冒頭の第一行目に回帰し、作品全体にウロボロス的な構造を与えている。とはいうものの言葉という言葉はどこまでも空虚な中心点の回りを不毛に、自覚的に不毛に回転してゆくばかりで、どこにも到達しない。形式だけが無限に循環運動を続け、激しい言葉を素材としながらも冷えきった織物を紡ぎ上げてゆくといった印象を与えている。

だが帷子耀の実験はとどまるところを知らない。一九七一年新年号では、なんと巻頭に十九頁にわたって「心中」なる連作が寄せられている。

雪
斃れ
皇道を
家を出て
桜花舞わす
さくらとなれ

非合法に静もり
むやみに黄いろな
蠅取紙にゆらゆれる
生きようとする花と蝶
もがれた翅を集めじっと
病みほうけた精神を灼かれ
極北圏第一ゲートを反芻する
わたしのようにまどろんでいた
私服をかじかむままにうつぶせに
奢りおしひらく農民あがりの神の父
あたらたらちねなまじまぬ撫肩男色が
火の種子ことごとくを植えおいた岩屋に
〔……〕

「瞳冒瀆」では兆候として姿を見せていた死の主題が、ここでは前面に跋扈し、それを支えるかのように血と肉と禁忌の観念が三位一体を築き上げている。この連作を特徴づけているのは、九篇の連作がすべて四十行×二十字というデルタ型の図形に統一されていることである。図形詩は西洋で例がないわけではないが、帷子によるこの試みは、一行目と四十行目の一字を「雪」、「肉」、「月」、「髪」、「花」、「麦」、「鳥」、「疣」、「風」といったぐあいに重ねあわせ、その間を饒舌体でで埋め尽くしてゆくという特徴をもち、二十字二十行詰めの原稿用紙の痕跡をはっきりと窺わせている。様式をめぐるこの強い衝動と、内部に封じこめられた無償の饒舌とが閲ぎあい、強い緊張感を醸し出している。集められている言葉はあきらかに戦前の右翼テロから東映の任侠映画へと通じてゆく、テロリズムの美学をキッチュ化したものであり、つい今し方なされたばかりの三島由紀夫事件に喚起されたことが、生々しく感じられる。

もっとも帷子はその饒舌のなかにこっそりと、きわめて抒情的な俳句を埋めこんでいる。「燐寸をもっとも紅くする変声期」——家系への呪詛、母親への憎悪、そして少年であることの痛々しさが、この一行の背後に読み取れる。家族のなかに隠されている見えない齟齬とという主題は、作者が十三歳のときに発表した「あんぶれら」以来、ときおり姿を現わしていたが、この三角形の連作では演劇的な意匠のもとに展開されることになった。

口べらしずら口べらし口べらしずら

父や母曾祖父祖母殺さざなるまい
口べらし口べらしずら口べらし
皆殺して疣の紋付きひとりで
着てみやる惣領よ口べらす
口べらしずらか口べらし
口べらしずら口べらし

〔……〕

甲州弁でなされるこの連禱には、何か異様な拘泥が感じられる。ここにはつい半年前に鈴木志郎康が帷子に浴びせかけた、「言葉のひとり遊び」という批判をまったく的外れにしてしまうような、おどろおどろしい攻撃性が現前しており、しかもそれが意図的に紛いものめいた構図のなかに封じこめられている。奇妙な偶然ではあるが、帷子が新人投稿を開始した一九六八年に、まだ小説家としてデビューしていなかった中上健次は、故郷新宮の被差別部落をはじめ、実在の家族係累のすべてを実名入りで登場させ、彼らを一人残らず殺してしまえという内容の詩「故郷を葬る歌」を執筆している。これについては本書の別の論考を参照していただきたい。ちなみに帷子は直接の交渉こそなかったが、上京するたびに長時間の立ち読みを常習としていた新宿紀伊國屋書店で読んだ『文藝首都』を通して、詩人としての中上健次を知っていた。

一九七一年七月号の『現代詩手帖』に八頁にわたって掲載された「遅刻——乱調詩篇」では、形式はふたたび普通の行分けに戻っている。「ふる卵のへりで……」同様、この詩もまた強く打ち寄せる波から始まっている。波を模倣するかのように、わずかに差異をもった詩行の反復がなされ、頭韻が面白い効果をあげている。興味深いのは、これまで前方に勢いよく進撃する一方であるように見えた作者が、ここではふと立ち止まって自己反省の身振りを示していることであり、それが作品に緩やかにして微妙な陰影を与えることになった。「総和とは夢中の違和／違和とは無我の総和／なによりも／ありふれたものがきみをまぶしくあふれた」——続いて、いかにも幼い少女が記したと思しき、たどたどしい文面の遺言が引用される。少女はそこで、両親の離婚によって自分の姓が変わることが嫌だったといい遺し、シェパードとコリーが欲しかったと記している。帷子はそのあとを受けるように「おぼつかなくふっくらとしたくちびるから／ことづてがあって」といったように記し、ひとりの少女にむかって呼びかけを開始する。読みようによってはこれは周到に計算された恋愛詩であり、非人称のまま疾走を続けてきた彼の言語宇宙のなかに、はじめて他者としての女性が本格的に登場してきた兆候だといいえなくもない。

帷子耀はけっしてこうした何十篇もの詩篇を、詩集として纏めようとはしなかった。一九七一年当時の『現代詩手帖』の近刊予告には、その作品が近く現代詩文庫に収録される予定であるとまで記されていたが、それは実現されることがなかった。もし彼に詩集と呼べるものが唯一あるとすれば、それは創立したばかりの書肆山田が一九七三年に『草子』なる雑誌の別冊として刊行した『スタジアムのために』がそれに相当することだろう。全体の半分ほど、三十三頁を占めるのは「日記」と題された長編詩であり、そこではこれまでになく緩やかな言葉遣いのもとに、ひとりの少女へのオマージュが語られている。投稿時代の作者が携えていた攻撃性もなければ攻撃誘発性もなく、言葉という言葉がさながらナイル川の流れのように流れてゆく。帷子は書物の帯に書き付ける。「ここには別れがある。詩との別れがある。それは、詩へむかう別れである。みることがここではそのままへだたりとなる。別れをここにみるということ」。

事実、この『草子』別冊が刊行されたのち、帷子耀が詩を発表することは、絶えてなくなってしまった。それは大学闘争と異議申し立ての時代の終焉と、ほぼ時を同じくしていた。『騒騒』は解散し、同人たちは四散した。芝山幹郎は『晴天』という「上機嫌」な詩集を世に問うたのち、『海』に小説を発表した。彼は今ではハリウッド映画の目利きとして、またスティーヴン・キングをはじめとする現代アメリカ文学の翻訳者として、多忙な日々を過ごしている。熊倉正雄も詩作から遠ざかり、不動産業を営んでいる。金石稔だけは網走で中学校の校長を務めながら、篤実に詩を書き続けている。彼らがもはや一堂に会することはないだろう。ひとつの時代がみごとに終焉を告げてしまったのだ。

帷子耀に会って話を聞いてみようと思ったのは、わたしが個人的に一九六八年に高校一年生であった自分の物語をこのあたりでキチンと書いておこうと思い立ったからである。その当時に自分が未解決のまま封印してしまった物ごとを、一つひとつ点検してきたい。わたしは現代詩を読みはじめたころ、自分の目の前を疾走して消滅してしまったこの一歳年下の人物が今何をしているのかを、知りたいと思った。どうしてあんなすごいことができたのか。どうしてあんなすごいことを、突然にやめてしまったのか。わたしが聞きただしておきたかったことは、この二点に尽きた。その謎を知ることによって、わたしはかつてその謎に向かいあっていた自分という、もう一つの謎が解けるのではないかと、漠然と期待していたのである。

わたしは芝山幹郎に連絡をとった。彼は帷子にはもう長いこと会っていないと前置きしてから、こういった。「最初に会ったときは高校生で、紺のブレザーで金釦で、俺は笑ったよ。付き合いは長かったけど、文学の話などしたことがなかったな。ときどきフラッとうちにやって来て、俺たちはヤクザ映画のことばかり話してた。幾何学みたいな詩だから、いつまでも続きはしないだろうな。死ぬまであれをやるか、でなければ途中でケロッとやめるか、どちかしかないなくらいに思ってたよ。」

芝山は親切に帷子の連絡先を調べてくれ、わたしに紹介の労を取ってくれた。帷子に会う前日、わたしは福間健二と話をした。一九六〇年代後半、十代の終わりごろから北川透の主宰する『あんかるわ』に詩を発表し、一方で若松考二のもとで映画修行をした経歴をもつ福間は帷子という名前を聞いただけで複雑な懐かしさが蘇ってくるといった。「『騒騒』の人たちは普通に起こっている出来ごとについて語る言葉というものを、見失ってしまったような気がしていたね。でも、帷子のセンスは抜群だったと思う。ディラン・トマスのように言葉を図形にして並べたり、ジョンとヨーコの写真を作品に挿入したりして、ある場所に言葉を置くという作業に徹したことで、彼はのちの『書紀』の人たちの先駆ともいえるのだが、彼らと違って、突き付けてくるものを回避しようとはしなかったという印象があるな」。

帷子耀は現在、甲府でパチンコ屋のチェーン店を幅広く経営していた。彼はのっけから、自分の父は韓国人で、リヤカーを曳きながら廃品を回収し、山梨県で足を向けない邑《まち》はなかった、父親がそれを恥じることがなかったというのが、自分には自慢なのですと、わたしにむかっていった。わたしは用意してきた質問を彼に投げかけた。どうして詩を書くことをやめてしまったのですか？

「もう自分に才能がないとわかってきたからですよ。書くことが無性に楽しいうちは、それでよかった。けれどもあそこまで書いたあとは、それからは勉強しないと書き続けることができないじゃありませんか。ぼくは勉強というのが昔から嫌いだったし、勉強してまで詩を書きたいとは思わなかったのですよ」。

それから彼は、自分が日本のパチンコ業界の「良心」と呼ばれていると笑いながら語った。その如才ない口調はいかにも地方で社会的に成功を遂げた人物のもので、詩壇の情勢を神経質に眺めて一挙一動している同世代の詩人からは、はるかに遠いものだった。詩を書くことは三十年近く前にやめてしまったが、父親の死から九年にもなると、どこかで父親の生涯について、子供たちのために書き残しておきたいといった。それは詩という形になるのですかとわたしが尋ねると、彼は曖昧にそうかもしれないし、別のものになるかもしれないと答えた。

最初に韓国に言ったのは、父方の祖父が危篤に陥ったときだった。ソウルまで飛行機で行って、釜山行きの列車に乗った。先祖代々の家は慶尚南道の小さな村だった。がらんとした夜行列車のなかで、父は幼い自分に、向こうについたら口にすべき韓国語の挨拶の文句を懸命に暗唱させようとした。慣れない発音の複雑さに自分は戸惑い、そのたびに焦燥感に駆られる父親を苛立たせた。ようやく曲がりなりにも発音ができるようになったころ、列車は目指す駅に着いた。だが親族たちがごった返すなか、自分はすっかり雰囲気に呑みこまれてしまい、せっかく習い覚えた言葉を落ち着いて発音する機会を逸してしまった。こうしたすべてのことをいつか書き記しておきたいのだと、彼は静かにいった。

帷子耀は手元に、かつて自分がかいたもの、刊行したものを何ひとつ所有していなかった。彼はわたしが準備してきた『現代詩手帖』のコピーを珍しそうに眺め、遠い記憶をまさぐるように質問に答えてくれた。わたしは、彼の率直さに驚くとともに、冷静な自己分析に感嘆した。それはどこかで、次々と文体を変えてゆきながら自分の詩の行方を見つめていた十五歳の少年に通じているように思われた。

【編集後記】

寝言は添い寝して聴け

金石稔

本書『帷子耀風信控』には、帷子耀、一九六八年、十三歳でのデビューから今日まで、その詩の光芒に苛立ちあるいはまた魅せられたひとたちのブログ、評論、詩篇解釈等ほとんどすべての文章が収録されている。とはいえ、正直な所、彼がその衝撃的な（と、わたしが思う）作品群を矢継ぎ早に発表しはじめたころ、その年齢の低さもあって軽く見られるか、あるいは無視されてあまり話題にのぼることはなかったと思い返している。それゆえ、わずか七年余りの執筆活動の後、十九歳での完全な断筆以降は、ほんのわずかばかりの人たちの間でひそやかに語られているだけの詩人だったのだ。そして、それは今なお変わらないのではなかろうか。たしかに、はるか後年になってから、たとえば、作家髙橋源一郎が自身の著作『ニッポンの小説　百年の孤独』の「エピローグ―補講」の中で、帷子耀という名とその詩篇のひとつ「心中」全行を引用して、「一九七〇年前後、わたしが、文章というものを書きはじめた頃、「現代詩のスター」として持ち上げられた、ある詩人の作品です」と書いたというような事実もないわけではない。

スターが厳密にどう輝くものなのかは問わないが、現代、詩なるものが大向こうのさらに向こうに確かにあるのだとしても、帷子耀がかつて現代詩のスターだったことは、ないような気がする。

むしろ、「帷子耀―彼はもう詩は書いていないようだし、どんな類のアンソロジーにも掲載されることはまずないだろうから、きれいさっぱり忘れられた詩人といっていい。」(雑誌『新潮』「日本の詩101年」コラム欄)

というのが通説であったように思うし、帷子の十三、四、五歳頃の投稿詩篇へのほとんどに対する同時的な反応評価は次のようなものがほとんどではなかったろうか。

「インチキ手品」

「安香水」

「コトバ遊び」

「すっかりのぼせた酔っぱらい」

しかも当時のスター白石かずこは言ったのだ。

「わたしは酔っぱらいのそばはよけてとおることにしている」と。

「夢」という一字を必ずと言ってよいほどに含むデビュー時の一連の帷子詩篇群を、後に振り返って、「驚嘆すべきなのは、帷子耀がここで確立したはずの文体を二度と反復せず、捨てて顧みなかったということである」と正しく称賛していたのは四方田犬彦くらいだ。(と、迂闊にも思っていた、今日のイマまで。その実際は後に書く。)

つまるところ、「夢」見る少年なら「寝言」も言うだろう、そんな感想が席捲していたのだった。「寝言は寝て言え」、「それを書いて詩と言うな!」ということだったろう。『帷子耀習作抄』の帯の折り返しにこうある。

「近代詩も戦後詩も女性詩も現代詩もない。あるのはただ詩なのだ(詩があるとして、だ)と50年前から現在まで変わらぬ思いを帷子は抱いてきたという。19年以降、帷子耀.(かたびらあき・ドット)に改名。詩人と呼ばれることを嫌い《詩を追う者》として再び書きはじめた。」

帷子少年と出会ったその日のこと、それ以降のこと、わたしのなし崩しの老化のこと、彼の、例えば大冊『帷子耀習作集成』のこと、改名後の「作文」そのほかの作品のことなど、これらが、入れ代わり立ち代わり日に何度もわたしを襲う夢現《ゆめうつつ》の境界不分明な眠気のなかにあって、頭の中心ではしきりに「寝言は添い寝して聴け」という文言がやさしい命令調にこだましている。

帷子耀少年に出会ったこと、彼の詩を目にしたことは、わが生涯の僥倖のさいたるものだ、とかつてどこかに書いたことがある。後生畏《おそ》るべし、を実感した一瞬だった。それがわたしと帷子少年の場合にとどまらず、この地上で尽きることなく繰り返されて来たのではないだろうか。それゆえ、没にした『帷子耀習作抄』のキャッチコピーに「帷子耀という稀有な〈天性の詩人〉がもたらしたこれらの詩篇を凌駕するものこそが、（不遜にも！）わたしたちの求めつづけているものに他ならない」とわたしは書きもしたのだった。

たまたまの出逢いのことを「邂逅」と漢語にいう。「かいこう」という音にすれば、海溝、改稿、開口であり、深海探査船の名であり、開高健でもあろうか。邂逅したなら開口一番、「最近分からないことが多くなったんだよね」などと呟いたとしよう。帷子少年キッとにらむ眼差しで、わたしに言い放った。「これまでに、何か一つでも分かったといえることがあるとでも言うんですか」と。わたしの人並みには良いはずの頭が完全に凍りついた瞬間だった。それが、一向に融けずに何と、五十六年の歳月がアッという間も無く飛び去ったのだ。

「あがなわれたかろやかな老いぼれがたえずくだける」（「音痴　乱調詩篇」）

「それからまた因果律が腐った」

（「夢のオマジナイにはナジマナイ★々《ほしぼし》」）

はじまりは、いつも「それから」からだ。十九歳で断筆後、これまで帷子少年が、放置したままであった全作品が、半世紀を経た二〇一八年一〇月、『帷子耀習作集成』という一冊の本となって出現した。（当人のあずかり知らぬことだが）そのきっかけ*1は詩人阿部嘉昭の「金石さん、二人で『帷子耀全詩集』を出しませんか」という誘いのひとことであったことは、どこかに触れて置いた。その後、名編集人の千野みどりの粉骨砕身によって陽の目をみた「帷子耀の全容」。四方田犬彦はこれを「快挙」と称した。帷子少年の詩篇にも登場する彼とほぼ同世代だったピンキー嬢の唄を思い出す。恋にこがれて背伸びする乙女ごころを歌ってパンチのきいた切なさがあった。ああ、夜明けのコーヒーはふたりで飲めたのか。空が恋に焦がれて燃え落ちてしまう「恋の季節」だった。

落ちて、失われた空だ。

それが無くとも明日の朝は来るのか。

三角形詩篇「廃朝」は「鳥」一文字からはじまる。「父なる者」への頌歌だが、終結部はこうだ……。

どこまでも生きようと
確かな思念や下痢を
野に垂らしぼっと
のろしのような
名のりをあげ
そこねたが
あなたは
実名の
なき
鳥

実の父とのかけがえのないエピソードを語る生身の帷子耀．をつい思い出してしまうが、とまれ、「父なる者」とはわたしに言わせれば、つねに托卵《たくらん》する鳥である。（「母鳥じゃないのに？」と問いつめるなかれ。そう生まれついた鳥族の命運の話だ。）その鳥説《トリセツ》の由緒は知らず、ただ、その仔鳥の将来を他ならぬ「他者」に託して自らに恥じない気質は誇ってもいいとさえわたしは思う。狡猾な性《さが》となじる向きがあってもかまわぬ。しかしながら、自身の等身大に育つに終わるわが仔を憐憫するからだと寛大でもあれ。いや、ただただ自らの非力を嘆くゆえの行いなのかもだ。

　ともあれ、今のわたしは、帷子少年に邂逅してからこの方、つねに「父なる者」であることを自任してきたように思い返している。ほぼ、四十余年間、交信することもなく、消息を尋ねることもなく生き延びてきたのもたった一度の詩人との邂逅がもたらした僥倖に他ならない。

　さりながら、かの部厚くて高価な全作品集『帷子耀習作集成』が出た時、ただちに、幾つかの詩篇のみを選んで安価でハンディな小型選詩集を作ろうと思い立ったのも、さきにも触れた芭蕉翁の物言い「我、來者を畏るるのみ」の「來者」（＝後生）に「卵」[*2]を託そうとしたからである。（『帷子耀習作抄』（阿吽文庫Ⅰ）と名づけて、それは本年四月一日に出来上がったのだった。）

　ここで、後生というのは周回遅れの（つまり帷子少年から半世紀後の）現実に生きている中・高校生のことであり、かつまた（半世紀前の同時代に）帷子詩篇を見たことがあるひとすべてのことでもある。

　わたしも少年の詩を確かに見たのだった。

　今はない商業（？）詩誌[*3]『詩学』は一九六六年の何年も前によく知っていて

買ってもいたが、『現代詩手帖』誌のことはあまり注目してなくて、確か、一九六八年頃からか新人作品投稿欄だけを立ち読みしたのだったと思う。そして帷子耀に前年に作ったわたしの最初の詩集を送ったのだ。彼には読んで（または、見て）欲しいと思ったのだ。強い筆圧でごべごべに歪んだ原稿用紙の肉筆十数枚の束が、わたしとわたしの詩についての罵詈雑言が綴られて送られて来た。「いちいちもっともなことが書いてあるなあ」と思い大変嬉しかったのを、昨日のことのように思い出す。天沢退二郎について書いて発表したいがためにに創刊した詩誌『騒騒』の4号（1969、3）にこの私信を本人の承諾もなしに掲載した。さんざんぱら後に叱られたが、当時、心の内では、もらったものは私物だから「何をしてもいいんだ」と思いこんでいた。しかし、今にして思えば、わたしへの「帷子耀」であり不特定多数には公開してはならないものだったのだ。後悔したが後の祭り。恥ずかしいことだ。

次の5号『騒騒』（1969,5,25・昭和44年刊）は「特集・帷子耀」と銘打って50部限定で作ったのだった。信じられないかもしれないが、その表紙画もレイアウトもロゴも帷子少年のオリジナルだった。機会があれば、手に取ってぜひ見てもらいたいものだと、わたしは思っている。ともあれ、偏愛する帷子詩の選詩集が出来た暁には、現在における「帷子読本」のような一本を作り、先の選詩集と対にして皆の前に並べて見せたいものと思いはじめたのだったが、それがついに陽の目を見るのだ。

正直なところ、たとえば、白石かずこの「新人作品評」に代表される帷子詩への酷評ばかりが気になっていたので、少しでも彼を誉めて拍手する詩人は、逆に視野に入っていなかった。例えば、塚本邦雄は寺山修司あての一九六九年一〇月一七日付け書簡で「「現代詩手帖」の応募詩の才人帷子耀《かたびらあき》、十五歳といふのにあの気味悪い位の美意識、短歌つなぎあわせて一篇の詩にする韻律感覚、学生歌人に爪の垢でものませてやりたい」と、述べていたのにである。

本書に収録された「現代詩手帖賞選考のための座談会」記事は一九七〇年当時、リアルタイムで読んだ記憶がある。後年、寺山修司がひとり積極的に推奨したと簡単にくくられるこの座談会の全容は当時、詩というものがどのように考えられていたかを知りたい向きには格好の読み物と思う。

わたしの振る舞いは、まるで好きな者（物）への全面的、かつ手放しの称賛だと思われており、（実際にそうなのだと、尻でも何でもまくって見せてもよい）そんなことだから、贔屓の引き倒しとなることを恐れてはいる。だが、そんな心配は無用だと思わせてくれる文章に出会った。

『帷子耀習作抄』は阿吽文庫なるものの創刊記念に作ったから、栞を挟んで、世の少女、少年そして、皆から「帷子耀論」を記念事業と銘打って募集することにしたのだが、その、最初の一篇がコーン・タイラーの「『帷子耀習作抄』を読んで」である。この紅毛碧眼の青年、望むともなく一字一句も知らなかった日本語のなかに放り込まれた十四歳時の慄きと生き延びようとする熱が、帷子少年の詩世界と共振するさまは、震えるほどに感動的な詩の現在だった。彼は書いている。「『帷子耀習作抄』に出逢って、直入して、つくづくと僕は幸福な詩への入り方をしたと思う。遠回りしなかった。この等身大の詩人（そして他の誰よりも遠くへ、遠いところへ視線を送っている…）から僕に届いてくる声はまっすぐだ。」

この青年のように、帷子詩に感応する後生のひとがひとりでも増え、かつ、この文庫に収録された帷子耀についての種々の文章に触れて、「帷子耀は何者であり、いかなる詩の新領土を切り拓いた詩人なのか」に思いを馳せて下されば、この国の詩の界隈に失われてしまった賑わいが戻り、そしてまた、老いさらばえ消え去るばかりの詩というものが、必ずや若きものとなって甦って来ると、わたしは信じている。

末尾になってしまいましたが、本書へそれぞれの文章の収録をお許しいただいた著作権継承者、著者の皆様、まったく新たで峻烈な富士の写真で本書を装って下さった写真家の曽布川善一様、素晴らしい装幀をしていただいたデネブ工房様、そして、わたしがこの本の刊行を思い立って以降、陰に、日向にお支え下さった詩の老舗「思潮社」編集長の高木真史様に、心から感謝とお礼申し上げます。

＊1　わたしは、阿部嘉昭に即答した。「帷子は詩集など決して出さないと思うよ。たとえ、芝山（幹郎）と金石が誘ったところで、ウンとは言わないだろうね。」そう、思いこんで、既に、約半世紀が過ぎていたからだ。だが、後日、『現代詩手帖』（2012年6月号）の特集「現代詩手帖賞の詩人たち」で、帷子耀が本名でインタヴューを受け、そこで「いまさらではあるけれども、当時のものをまとめてあげたいな」と応えているのをコピーで見たのだった。本当に驚いた。時間が一気に巻き戻って行った。青天の霹靂とは、この瞬間のためにあると思った。

＊2　「夢」や「卵」という語をタイトルに含む詩篇が帷子耀には幾つかある。そのことが、わたしに、瀧口修造のある詩篇を思い出させた。その詩篇の中に〈卵形の夢〉といういわく言い難い魅惑的な語が使われている。その語を借用してタイトルとした帷子耀覚え書を本書に収録した。その経緯に触れた「補遺2」を参照されたい。

＊3　わたしの中学時代の英語科の教科担任であった恩師の中田國男（当時二十七歳）は、釧路の詩の同人誌『かばりあ』の創立同人のひとりであった。詩を書いたこともなく、それが何なのかも全く知らぬわたしに、『詩学』への投稿をしきりに

勧めていた。この人に出逢っていなかったなら、わたしは詩の界隈をうろつくことは決してなくて、だから帷子耀との邂逅も天沢詩に驚嘆することもなかったろう。すべてはわがことではなかったはずだ。詩も詩人も巷ですれ違って再び会うことのない他人であって、思いや記憶を一つだに共有しないただの風に過ぎなかったろう。

【出典一覧】

1　あら、た、ふと、……帷子耀に（吉増剛造『現代詩手帖』二〇一九年一月号）

2　エピローグ─補講　❦（高橋源一郎『ニッポンの小説　百年の孤独』二〇〇七年・文藝春秋）

＊引用文献リスト

エピローグ─補講

高橋源一郎「民主主義の中の暴力─高校時代の生徒会誌『鬼火』より」「文藝」二〇〇六年夏季号

帷子耀『心中　帷子耀』「現代詩手帖」思潮社　一九七一年一月号

島崎藤村『破戒』新潮文庫　一九五四年

志賀直哉『暗夜行路』新潮文庫　一九五一年

三島由紀夫『金閣寺』新潮文庫　一九六〇年

綿矢りさ『インストール』河出書房新社　二〇〇一年
夏目漱石「夢十夜」『明治文学全集』第55巻　筑摩書房　一九七一年
江藤淳『作家は行動する』講談社文芸文庫　二〇〇五年
猫田道子『うわさのベーコン』太田出版　二〇〇〇年
中原昌也『マリ&フィフィの虐殺ソングブック』河出文庫　二〇〇〇年

3　七〇年代前半の帷子耀と藤井貞和
（「日本の詩101年」・『新潮』11月臨時増刊号平成2年11月発行・コラム「à la carte」）

4　『現代詩手帖』「今月の新人作品評」抜粋
（『現代詩手帖』一九六八年四月〜〇月）

5　現代詩手帖賞選考座談会「何も言わない詩の時代」
渋沢孝輔／寺山修司／鈴木志郎康
（『現代詩手帖』一九七〇年一月号「現代詩手帖賞選考座談会」）

6　ぴっぱ・ぱっせす
（塚本邦雄『序破急急』一九七二年・筑摩書房）

7　寺山修司宛書簡　一九六九年一〇月一七日
（塚本邦雄『麒麟旗手　寺山修司論』一九七四年・新書館）

8　帷子　耀論のために　—〈革命の年〉を遠くはなれて
（一色真理『詩の練習』vol.37　二〇一九年）

9　イカロスの終連
（吉成秀夫『詩の練習』同右）

10　帷子耀について
（杉中昌樹『詩の練習』同右）

11　革命前夜の詩的言語　—帷子耀の誕生をめぐって
（林浩平『リリカル・クライ』二〇二〇年・論創社）

12　波動に乗せて
（柴田望『詩の練習』vol.37　二〇一九年）

13　もうひとつの仮面舞踏会

（瀬尾育生『現代詩手帖』一九八〇年七月号「詩誌月評」）

14　タナトスの接続法、あるいは微細な詩人たちについて

（瀬尾育生『現代詩手帖』一九八八年七月号）

15　帷子耀？あの?!

（竹内銃一郎　ブログ『キノG語録』二〇一八・一〇・〇二）

16　帷子耀のこと

（片山一行　ブログ『つれづれ俳句&POEM』二〇一八・一〇・八）

17　四十一年前の投稿欄　—詩人　帷子耀

（内堀弘『古本の時間』二〇一〇年・晶文社）

18　『帷子耀習作抄』を読んで　（コーン・タイラー「阿吽文庫創刊記念《帷子耀論》募集」最優秀作品・二〇二四年）

19　創造的味読に向けて　帷子耀「水蝕」註解　（阿部嘉昭『現代詩手帖』二〇一九年一〇月）

20　KALEIDOSCOPIKATBIRAKI（カタビラ詩に言よせて）　（高橋純・書下ろし）

21　五つの帷子詩解釈と七つの補足　（金石稔・書下ろし）

22　卵形の夢　—帷子耀覚え書　（金石稔『現代詩手帖』二〇一八年十月号〈改訂稿〉）

23　帷子耀　（四方田犬彦『日本のマラーノ文学』二〇〇七年・人文書院）

阿吽文庫Ⅳ『帷子耀風信控』　金石稔編

発行日　二〇二四年一〇月二〇日　初版

著　者　吉増剛造、髙橋源一郎、(S)、渋沢孝輔、寺山修司
鈴木志郎康、塚本邦雄、一色真理、吉成秀夫
杉中昌樹、林浩平、柴田望、瀬尾育生、竹内銃一郎
片山一行、内堀弘、コーン・タイラー、阿部嘉昭
髙橋純、金石稔、四方田犬彦
（掲載順）

発行者　金石稔

発行所　阿吽塾
〒090-0807　北海道北見市川東三一―二九
電話&Fax　0157-32-9120
携帯　090-1526-6811
メールアドレス kyuya@ksf.biglobe.ne.jp

印刷製本　（有）ニシダ印刷製本
〒590-0965　大阪府堺市堺区南旅篭町東四―一―一
電話　072-350-3866

ISBN978-4-9913019-3-3 C0192 ¥900E
（定価九九〇円税込）